온
전
한

고
독

온전한 고독

강형 장편소설

ㄴㄴ › ‹ ㄷㄴ

○
차
례

첫째 날

엄마가 나를
항아리에 넣었어요

낮달이 떴다. 작고 하얀 낮달은 한낮 햇빛 속을 배회하는 유령처럼 흐리게 보였다. 그는 묘지관리실 앞에 서서 낮달을 무연히 바라보았다. 묘지관리실은 약간 높은 지대에 있어서 멀리 보이는 숲과 그 위의 작은 구름과 구름 위를 천천히 떠가는 낮달이 한눈에 들어왔다. 누군가 관리실을 향해 올라오는 기척이 있었지만 그는 달에서 눈길을 돌리지 않았다. 지나가는 사람일 거라고 생각했다. 그를 찾아올 사람은 없었다. 누군가가 그를 찾아온 게 언제 적 일인지도 기억나지 않는다.

그 공원묘지는 마을 교회 뒤편에 있었다. 오래된 교회 뒤

로 이어지는 야트막한 언덕에 작은 집 같은 수많은 가족묘
와 개인묘가 줄줄이 이어져 있고, 그 사이로 여러 갈래의
오솔길이 나 있었다. 밤에는 달빛과 별빛이 은은하게 내려
앉고 낮에는 햇빛이 한가득 쏟아지는 묘지는 도시를 굽어
보는 좋은 자리를 차지하고 있어서 곳곳에 놓인 벤치에 앉
아 햇볕을 쬐며 조는 노인들과 노숙자들, 개를 데리고 산책
하는 사람들로 밝은 분위기였다. 여느 도시의 묘지가 지닌
숙연한 그늘이 이곳에는 없었다.

　노을이 지고 땅거미가 내릴 무렵이면 그는 작은 종을 손
에 들고 흔들며 천천히 묘지를 돌았다. 모두 나가라는 신호
였다. 일몰 이후 사람들이 빠져나간 묘지는 정적에 잠긴다.
그러니까 해가 진 이후의 풍경은 여느 묘지와 다를 바 없었
다. 원래부터 그랬던 것은 아니다. 33년 전에 이 묘지에서
발생한 카타리나 사망 사건 이후의 일이다. 이전에는 마을
사람들이 저녁 산책을 하고, 주말이면 젊은이들이 모여 늦
은 밤까지 술판을 벌이기도 했던 곳이다.

　사망 사건이 있던 33년 전, 그는 서른한 살이었다. 큰 키
에 마른 체형, 굼실거리는 금발에 푸른 눈이 도드라져 보이

는 아름다운 청년이었다. 눈에 띄는 용모를 가지고 있었지만, 그는 어린 시절부터 좀 모자란 아이라는 말을 들으며 자랐고 친구도 없었다. 그가 어렸을 때 이혼한 부모는 일찌감치 이 도시를 떠났고, 그는 묘지관리인인 할아버지와 함께 살았다. 공원묘지에서 외롭게 지내던 그는 할아버지가 죽은 후 묘지관리인이 되었고, 묘지 입구에서 멀지 않은 언덕바지에 있는 관리실에서 혼자 살았다.

그에게 친구가 생긴 건 할아버지가 죽은 이후였다. 정확하게 말하면 한나를 만나고 난 다음이었다. 그즈음부터 밤이면 그를 찾아오는 여인들이 있었다. 그는 그들의 방문을 마다하지 않았다. 늙은 여인이든 젊은 여인이든 그는 하룻밤 친구가 되어주었다. 여인들은 그와 밤을 보내고 여명을 밟으며 돌아갔다. 찾아온 여인과 함께 있는데 다른 여인이 문을 두드리는 일도 있었다. 그는 아무렇지도 않게 뒤늦게 찾아온 여인을 맞아주었다. 잠자리에 들기 전 샤워를 하는 그를 훔쳐보는 여인들도 있었다. 알몸의 그는 한밤중 묘지에 뜬 달처럼 온몸에서 하얀빛을 내뿜었다. 여인들은 그에게서 눈을 떼지 못했다. 그의 주위를 맴도는 여인들과 찾아오는 여인들로 그는 한동안 외로움을 모르고 지냈다. 33년 전 카타리나가 묘지 뒤편의 부엉이숲에서 시신으로 발견되기 전까지는.

그리고 그는 다시 고독에 잠겼다. 이전보다 더 깊고 어두운 고독이었다. 그를 찾아오는 사람은 없었다. 적잖은 세월 동안 그는 혼자서 말하고 묻고 대답하며, 깊은 밤 홀로 깨어 오소소 일어서는 뒷덜미의 솜털을 매만지며 늙어갔다. 그런데 늙은 그를 찾아온 사람이 있었다. 지나가는 사람인 줄 알았던 사내가 그의 앞에 서서 그의 이름을 불렀다.

"피터 토레스씨? 저는 묘지관리인 피터 토레스씨를 찾아왔습니다만……" 젊은 남자의 목소리였다.

그는 달에 머물던 눈을 내려 앞에 서 있는 사내를 바라보았다. 중키의 젊은 사내는 그를 살피듯 쳐다보며 대답을 기다리고 있었다. 오랜만에, 아주 오랜만에 이름을 불린 그는 깊게 주름진 눈을 끔벅이며 생각에 잠겼다. 오랜 세월 바람 한 점 없이 고요하던 산중 작은 호수에 돌멩이 하나가 던져진 것 같았다. 퐁당, 소리와 함께 잔물이 솟고 이내 물이랑이 메마른 가슴 기슭으로 번져나갔다. 피터는 한동안 침묵

한 채 그를 바라보다가 천천히 고개를 끄덕였다.

사내는 최근에 이 도시로 전근 온 형사라고 자신을 소개했다. 마틴 브레스트, 그는 뜻밖에도 33년 전 카타리나 사망 사건에 대해 물었다. 피터는 한참 우물거리며 무표정한 눈으로 묘지를 둘러보다가 다시 낮달을 바라보며 혼잣말처럼 중얼거렸다.

"카타리나라…… 오래전 일이군요."

"기억은 하시죠? 미제 사건이라 정리를 위해 온 것이니 부담 가지실 건 없습니다."

기억하다마다. 오래전 일이지만 카타리나를 발음하는 순간 많은 일이 마치 어제 일처럼 생생하게 다가왔다. 누군가가 흐린 낮달 속에 저장해둔 그날들의 봉인을 해제하는 주문을 그가 입에 올리기라도 한 것처럼.

"그렇군요. 일단 안으로 들어오시지요."

그는 마틴을 관리실 안쪽에 놓인 식탁으로 안내하고 와인을 내놓았으나 마틴은 물 한잔만 달라며 와인을 거절했다. 그는 손님을 위해 물을 따르고 자기는 와인을 따라 한 모금 마셨다.

"그 얘기를 하자면…… 좀 긴 이야기가 될지도 모르는 데…… 괜찮겠습니까?"

"괜찮습니다. 편하게 천천히 말씀하셔도 됩니다. 시간에 구애받지 마시고요." 마틴은 선선하게 말했다.

피터는 눈을 끔벅이며 생각에 잠겼다. 어디서부터 어떻게 얘기해야 할지 몰라 망설이던 그가 천천히 입을 열었다. 오랜만에 찾아가는 길을 더듬듯이 조심스레.

피터에게 묘지는 어렸을 때부터 집이었고 놀이터였고 세상의 전부였다. 초등학교를 졸업한 이후 묘지를 벗어난 일이 없었다. 이따금 시청에서 소소한 행정적인 일로 그를 부르는 일이 있었지만 그는 가지 않았다. 결국 답답한 시청 직원이 묘지로 그를 찾아와야 했다. 묘지 밖의 세상은 그에게 막연한 공포였다. 초등학교는 겨우 마쳐서 글을 읽을 줄은 알았지만 그는 책도 읽지 않았고 신문도 보지 않았다. 관리실에 티브이와 라디오가 있었지만 그가 자기 손으로 그걸 켠 적은 없었다.

이른 아침 그는 묘지를 한 바퀴 도는 일로 하루를 시작했

다. 묘와 묘 사이에 자라난 잔디를 깎고 나무들을 가지치기
해주고 밤사이 떨어진 낙엽을 쓸어모아 태우고 오솔길을
쓸고 묘석을 치우고 닦았다. 새똥이 떨어져 있는 묘석이 적
지 않았다. 일은 힘들지 않았다. 입구에 묘역의 표지판이 있
는데도 묘를 찾지 못해 관리실을 찾는 사람들에게 묘의 위
치를 알려주기도 했지만, 그건 드문 일이었다. 일몰 전, 오
후 여섯시 반경이 되면 그는 종을 손에 들고 흔들며 묘지를
돌았다. 사람들을 묘지 밖으로 내보내며 한 바퀴 돌았다. 사
람들은 묘석에 붉은 장미꽃이나 하얀 국화나 안개꽃을 두
고 가기도 하고, 간혹 망자가 생전에 좋아하던 음식을 두고
가기도 했다. 질 좋은 와인을 병째 따두고 가는 사람들도
있었다. 생전의 할아버지는 그 음식과 와인을 챙겨다가 당
신이 먹고 마셨지만, 피터는 망자들을 위한 음식에는 손대
지 않았다. 시청에서 나오는 월급이 다른 사람에게는 적은
돈이지만 피터에게는 충분하고도 남았다. 매달 월급의 반
이상이 은행에 쌓여갔다. 아침에 묘석을 치우면서 보면, 묘
지에 사는 길고양이들과 새들과 묘지에 면한 부엉이숲에
사는 들짐승들이 가져다 먹었는지 깔끔하게 비워진 곳이

많았다. 이따금 관리실에 찾아와 피터를 위해 음식을 두고 가는 이들도 있었다. 대부분 피터 혼자 먹기에 많은 양이었다. 그는 그걸 포장해서 공원묘지 벤치에 가져다 두었다. 노숙자들이 찾아와 먹는다는 걸 그는 알고 있었다. 이 도시에는 노숙자를 위한 쉼터가 잘 갖춰져 있지만 그들은 쉼터의 음식보다 공원묘지의 음식을 더 좋아하는 것 같았다.

한나를 만난 건 할아버지가 죽은 지 두 해가 지난 그해 크리스마스이브였다. 여느 해처럼 교회 미사가 끝나고 몇몇 신도가 성탄 음식을 들고 묘지관리실로 그를 찾아왔다. 여느 해처럼 그들은 미사에 왜 안 왔느냐며 그를 가볍게 타박했다. 여느 해처럼 내년에는 성탄 미사에라도 꼭 참례하라고 말했다. 할아버지에게도 그들은 그랬었다. 여느 해와 다른 점이 있다면, 그들의 뒤에 작은 여자아이가 쭈뼛대며 서 있었다는 것이다. 엄마를 따라왔나 싶었는데 아무도 아이를 챙기지 않는 게 이상했지만, 그걸 신경쓸 겨를이 없었다. 신도들을 응대하는 것만도 넋이 나갈 지경이었다. 사람들

15

을 만나고 대화하는 게 그에겐 언제나 힘겨운 일이었다. 신도들이 관리실을 나가고 그는 이내 문을 닫았다.

그날 늦은 밤, 함박눈이 내렸다. 창을 하얗게 수놓는 눈을 바라보다가 그는 관리실 문을 열고 밖으로 나갔다. 묘지와 부엉이숲에 눈 내리는 풍경을 보고 싶어서였다. 그런데 그 아이가 문밖에 서 있었다. 아이는 몸을 떨고 있었다.

"어, 너 왜 안 갔니?"

깜짝 놀라서 묻자, 아이는 피터를 빤히 올려다보다가 되물었다.

"그렇죠? 아저씬 내가 보이죠?"

"그럼, 네가 왜 안 보여? 그런데 왜 여기 있는 거야."

피터는 아이의 가족이 있나 싶어 주위를 둘러보며 물었다.

"그런 거 같았어요. 그래서 안 가고 기다렸어요."

"뭘 기다려?"

"아저씨가 나한테 말을 걸기를요. 난 누구한테 먼저 말 걸면 안 됐댔어요."

"누가? 왜?"

"엄마가요. 그보다…… 물 있어요? 목이 너무 말라요."

"응, 들어와. 춥다. 물 줄게."

아이는 물을 단숨에 마시고는 더 달라며 물잔을 내밀었다. 그러고서 다시, 또다시……

"지금 몇 잔쨌지 아니? 그러다가 배탈 나."

"더 줘요. 나는 배탈 안 나요."

아이의 이름은 한나였다. 한나는 물을 계속 마셨다. 그 작은 몸 어디로 그렇게 다 들어가나 싶게 연신 마셨다. 물을 따라주면서도 피터는 나중에 아이 엄마에게 혼날까 싶어 걱정되었다.

"집은 어디니? 어디 살아?"

"수정구슬에서 살아요."

"수정구슬? 그런 이름의 마을이 있나? 그런데 왜 그렇게 목이 말랐던 거야? 여름도 아닌데."

한나는 물잔을 두 손으로 꼭 잡고 얘기했다.

"엄마가 나를 항아리에 넣었어요. 아주 큰 항아리에요. 밥도 주지 않고 물도 주지 않았어요. 수정구슬하고 소금만 줬어요. 목이 너무 말라서 물처럼 맑은 수정구슬을 핥았어요. 너무 목이 말랐어요. 울다가 지쳐서 잠들면 조금 나았어요.

잠이 좋았어요. 아, 목말라요. 물 좀 더 줘요."

"그게 무슨 소리야? 엄마가 항아리에 너를 넣었다니?"

이상한 말이었다. 아무래도 아이가 자기를 놀리는 것 같다고 생각했다. 어린 시절의 기억이 떠올랐다. 아이들은 어린 피터에게 늘 거짓말하고 놀리고 때렸다. 묘지에서 사는 피터에게서 무덤 냄새가 난다고, 시체 냄새가 난다고 놀렸다. 갑자기 한나가 불편했다.

"이제 그만 집에 가줄래? 나 이제 자야 해."

한나는 발딱 일어서더니 무서운 눈으로 쏘아보았다.

"날 쫓아낼 순 없어요. 아저씨는 이제 내 거예요. 또 올 거예요."

피터는 자리에서 일어나 문을 열어주고 밖을 내다보았다. 눈이 소담스레 내리고 있었다. 아무래도 아이 혼자 보내는 게 마음에 걸렸다. 눈을 맞으며 뒤도 돌아보지 않고 걸어가는 한나를 바라보던 그가 주춤주춤 따라나섰다.

"눈도 내리고 어두운데 혼자 갈 수 있겠니? 내가…… 바래다줄까?"

공원을 지나고 대로변에 이르러 피터는 두려워하며 물

었다. 그는 도시로 나아갈 용기가 나지 않았다.

"됐어요. 혼자 갈 수 있어요."

한나는 차갑게 말하고 눈길을 또박또박 걸어갔다. 다행이다 싶으면서도 혼자 잘 갈 수 있을까 걱정되어 피터는 한나의 뒷모습을 지켜보며 오래 그 자리에 서 있었다. 그 밤내내 눈이 그치지 않았다.

마틴 형사가 손에 들고 있던 수첩을 식탁에 내려놓으며 피터를 바라보았다.

"그런데 그 한나라는 아이하고 카타리나 사망 사건이 관계가 있나요?"

마틴의 목소리에 약간의 짜증이 묻어났다. 피터는 쭈글쭈글한 손으로 주름이 깊게 팬 눈가를 쓱쓱 비비고는 와인을 한 모금 마셨다.

"있을 거요. 그래서 말씀드리는 겁니다만…… 내가 누구와 대화한 지가 오래되어서, 건너뛰며 요점만 얘기하는 요령은 없습니다만……"

피터가 말을 흐리며 우물거리자 마틴이 할 수 없다는 듯이 고개를 끄덕였다.

"알겠습니다. 편하신 대로 천천히 말씀하시지요."

눈은 아침나절에야 그쳤다. 피터는 아침부터 분주했다. 간밤에 내린 눈을 치워야 했다. 크리스마스에는 묘지를 찾는 사람이 많았다. 죽은 지 오래지 않은 이의 가족이 많이 찾아오는 날이었다. 한나와 얘기하느라 잠을 충분히 자지 못해 몸이 무거웠지만 오전 내내 쉴 틈이 없었다. 오후가 되자 사람들이 찾아오기 시작했다. 피터를 위해 따로 가져온 음식을 건네주며 메리 크리스마스를 외치는 사람들도 있었다. 할아버지의 지인들이 예쁘게 포장한 칠면조 요리를 선물하기도 했다. 한 번도 즐거웠던 적이 없는 크리스마스였지만, 피터도 그들에게 메리 크리스마스라고 중얼거렸다. 피터는 자기가 먹을 만큼만 남겨두고 쌓인 음식을 벤치에 앉아 졸고 있는 노숙자들에게 가져다주었다. 분주한 시간이 지나가고 피터는 혼자 앉아 칠면조 요리에 와인을 홀짝이며 졸다 깨다를 반복하다가 노을이 질 무렵 침대에 누웠다.

이슥한 밤에 문을 두드리는 소리가 났다. 졸린 눈을 비비며 시계를 보니 새벽 세시를 막 지나고 있었다. 크리스마스라고 해도 이 늦은 시각에 묘지를 찾아올 이는 없었다. 고개를 갸웃거리며 문을 여니, 한나가 서 있었다.

"메리 크리스마스."

피터가 한나를 보고 중얼거리자 한나가 눈을 동그랗게 뜨고 말했다.

"크리스마스 지났거든요."

"그래도……"

"메리 크리스마스는 됐고, 물 좀 줘요."

한나는 목이 마르다며 물부터 찾았다. 연거푸 몇 잔을 마시고도 한나는 물잔을 두 손으로 꼭 잡고 내려놓지 않았다.

"그런데 이렇게 늦은 밤에…… 엄마가 걱정하지 않니? 묘지가 무섭지도 않아?"

"하나도 안 무섭고요. 엄마는 자는 시간이고요. 나는 아저씨한테 할말이 있어요. 들어줘야 해요."

할말이 무엇인지도 모르겠고, 왜 자기가 들어줘야 하는지는 더 모르겠지만 피터는 말없이 한나를 바라보았다. 한나는 중얼거리듯이 말하기 시작했다.

한나는 고아원에서 자랐다. 언제부터였는지 알지 못하고 낳아준 엄마는 기억도 나지 않는다. 한나가 입양된 것은 여섯 살 때였다. 리즈라는 이름의 새엄마는 아름답고 다정하고 친절한 사람으로 보였다. 원장도 좋은 엄마를 만나게 되어서 다행이라며 기뻐했다. 엄마를 따라 집에 갔는데, 그날부터 엄마는 한나에게 눈길도 주지 않았다. 고아원에서 보았던 엄마와 완전히 다른 사람 같았다. 어린 한나는 자기가 무언가 잘못해서 엄마가 실망한 거라고 생각했다. 열심히 씻고 늘 조심했다. 하지만 엄마는 여전히 한나에게 눈길 한 번 주지 않고 아침에 빵과 우유만 식탁에 챙겨두고 집을 나갔다. 한나는 혼자 남은 집에서 청소도 해두고 빵도 조금씩만 먹었다. 배가 고팠지만 참았다. 엄마한테 사랑받고 싶었다. 졸음이 쏟아져도 참으며 엄마가 집에 올 때까지 기다렸다. 하지만 매번 실패였다. 엄마가 오기 전에 한나는 소파에서 잠이 들었고, 눈을 떠보면 아침이었고, 엄마는 식탁에 빵과 우유만 챙겨두고 벌써 집을 나간 뒤였다. 그때 왜 그렇게 졸렸는지는 나중에야 알았다.

"엄마가 우유에 수면제를 타둔 거였어요. 물 좀 더 줄래요?"

"고아였구나. 나는 일곱 살 때부터 할아버지와 살았는데."

피터는 물을 따라주다가 문득 생각났다는 듯이 물었다.

"그런데 오늘은 안 졸린 거야? 밤도 깊었는데. 그러고 보니 어제도 늦은 밤까지 잠을 안 잤잖아."

"이젠 안 졸려요. 다시는 잠이 오지 않아서 슬퍼요."

한나는 짧게 대답하고는 말을 이었다.

며칠이 지났는지 정확히는 모르지만, 엄마의 집에 온 지 보름쯤 지났나 싶을 때였다. 그날은 엄마가 아침부터 한나를 씻기고 예쁜 옷을 입혀주었다. 그렇게 예쁜 옷은 처음 보았다.

"지금 이 옷이 그 옷이에요. 예쁘죠?"

"응, 예쁘네."

말은 그렇게 했지만 한나가 입은 옷은 그렇게 예쁘지 않았다. 레이스 장식이 요란한 오래된 드레스 같다고 피터는 생각했다.

그날 리즈는 고기를 구워 맛있는 아침을 차려주고 한나를 보며 다정하게 웃었다. 그런 리즈를 보며 한나는 눈물을 흘렸다. 리즈가 깜짝 놀라 왜 우느냐고 물었다. 그 말에 한나는 울먹이며 말했다. "기뻐서요. 기뻐요, 엄마." 한나는 너무 기쁜 날이었다고 말했다. 사랑받는다는 게 이런 거구나, 하고 기뻤다고. 리즈는 웃으며 한나를 꼭 껴안고 그만 울라며 등을 다독였지만 한나는 눈물을 그치지 못했다. 한나는 울면서 말했다. "엄마, 고마워요. 내 엄마가 돼줘서 고마워요. 엄마, 나 잘할게요. 엄마 말 잘 듣고 착한 딸 될게요." 리즈가 미소 띤 얼굴로 말했다. "그래, 그래. 그럼 지금부터 눈물 뚝 그치고 방긋 웃는 거야. 오늘은 한나가 웃는 날이야. 어디 웃어봐." 한나는 숨을 크게 쉬고 울음을 참고 입을 크게 벌려 웃어 보였다. 리즈가 새끼손가락을 내밀며 말했다. "그래, 오늘은 웃는 날이니까 계속 그렇게 웃어야 해. 알았지? 엄마와 약속." 한나는 한껏 웃으며 고개를 끄덕이고 리즈와 손가락을 걸고 약속했다. 그날 오후 고아원 원장이 중년 남자와 함께 집에 찾아왔다. 원장은 시청 복지과에서 나온 분이라고 남자를 리즈에게 소개했다. 원장은 예쁜 옷을 입은 한나를 보고 기뻐했고, 한나는 자랑스럽고 행복한 얼굴로 원장의 품에 안겼다. 리즈는 환하게 미소 띤 얼굴로 한나를 바라보았다. 원장은 남자와 함께 한나의 방을 둘러보고 커피를 마시며 리즈와 애기를 나누고 돌아가면서 한나를 축복했다. "한나야, 엄마 말 잘 듣고 행복해야 해. 한나가 보고 싶으면 나중에 또 올게." 하지만 한나는 원장을 다시 보지 못했다. 그날 방문은 입양의 마지막 공식 절차였다. 원장과 남자가 돌아간 후 리즈는 한나에게 우유 한 잔을 내밀며 다 마시라고 말했다. 한나는 단숨에 마시고 리즈를 향해 활짝 웃어 보였다. 리즈는 손님을 치르느라 지쳤는지 방에 들어가 문을 잠그고는 나오지 않았다. 한나는 소파에 앉아 리즈가 나오길 기다리다 잠이 들었다.

"물 좀 더 줄래요?"

피터는 멍한 얼굴로 듣다가 한나가 내민 컵에 물을 따라주었다. 한나는 아주 소중한 걸 받아들듯이 물잔을 든 두 손에 시선을 집중했다. 그러고는 한 모금 맛있게 마시고 큰 숨을 내쉬었다.

"지금 생각해도 너무 무서워요. 눈을 뜨자, 아무것도 보이지 않았어요. 온통 까만 어둠이었어요. 내가 쪼그려 누운 바닥도 딱딱하고 이상했어요. 손바닥으로 만져보니 매끄러운 돌바닥인 거예요. 놀라서 일어나다가 머리를 벽에 찧었어요. 엉덩이도 벽에 닿았어요."

이게 뭐지, 여긴 어디야? 놀란 한나는 일어나서 정신없이 벽을 만졌다. 벽도 바닥처럼 매끄러운 돌벽이었다. 한 바퀴를 빙 돌며 돌벽을 만졌다.

"아니, 몇 바퀴를 돌았을 거예요. 문도 없는 둥근 통이었어요. 머리 위로는 아무것도 만져지지 않았어요. 한껏 팔을 뻗어도 까만 허공만 만져졌어요. 나중에 알았죠. 그게 큰 항아리였다는 것을요. 너무 무서워서 엄마를 부르며 울었어요."

하지만 아무리 울어도 리즈는 오지 않았다. 아무것도 보이지 않고, 발을 뻗고 앉을 수도 없는 작은 방에 갇혔다는 생각이 들었다. 고아원에서 읽은 동화책이 떠올랐다. 마녀한테 잡혀온 게 틀림없다고 생각했다. 마녀가 잡아먹을 거라고 생각했다.

"혹시 꿈을 꾼 거 아니니? 무서운 꿈. 나도 어릴 때 무서운 꿈 많이 꾸었는데." 피터가 말했다.

한나는 고개를 젓고는 물을 한 모금 마시고 혀로 입술을 핥았다. 붉고 작은 혀가 핏기 없는 얼굴 때문에 더 선명해 보였다. 피터는 그제야 한나의 작은 얼굴을 찬찬히 바라보았다. 나풀거리는 갈색 머리에 톡 튀어나온 이마, 슬픔이 고여 있는 큰 갈색 눈동자. 짧은 코는 오뚝하게 일어선 느낌이고 입술은 약간 푸른빛을 띤 갈색이었다. 물을 마시고 입매를 다물 땐 양볼에 우물이 파였다. 귀여운 모습이었지만 약간 바랜 듯 창백한 얼굴색 때문인지 순간순간 섬뜩한 느낌도 들었다.

한나는 한숨을 내쉬고 다시 말을 이었다.

"그런데 아무도 오지 않는 거예요. 온통 깜깜해서 날이 갔는지 어떤지는 모르겠지만 꽤 시간이 지난 것 같았어요. 배가 너무 고팠거든요. 원장님이 오신 날 아침과 점심에 엄마는 내게 맛있는 고기도 구워주고 오믈렛도 해주고 좋은 향기가 나는 빵과 과자도 주면서 많이 먹으라고 했거든요. 난생처음 실컷 먹고 배가 많이 불렀어요. 그런데 그 깜깜하고 둥근 통에서 울다 지쳐서 잠이 들었다가 목이 말라 일어나

울면서 엄마를 불렀어요. 얼마나 지났는지 모르지만 배가 너무 고팠어요."

목이 타는 것처럼 말랐다. 오줌도 그 안에 누고 똥도 누었다. 냄새가 많이 났지만 그건 배고픔과 갈증에 비하면 아무것도 아니었다. 먹은 것도 없고 마시지도 못해서 나중엔 똥도 오줌도 나오지 않았다. 마녀가 와서 잡아먹을까 두려웠던 마음은 사라지고 마녀든 누구든 찾아와주기를 기다렸다. 이렇게 혼자 죽는 것보다는 차라리 마녀라도 와줬으면 좋겠다고 바랐다. 그때 누군가가 다가오는 소리가 들렸다. 손전등을 켜고 조심스레 다가와서 한나를 비췄다. 눈이 부셔 아무것도 보이지 않았지만 리즈의 진한 향수 냄새가 났다. 한나는 안간힘으로 일어나 소리쳤다. "엄마, 엄마, 나 여기 있어요. 살려주세요." 입이 다 말라붙고 혀는 말려올라가서 움직이지 않았지만 손으로 연신 혀를 잡아빼며 말했다. 아니, 어쩌면 말했다고 생각했는지도 모른다. 소리가 났는지 어떤지 알 수 없었다. 한나는 정신없이 손을 내뻗어 휘두르며 살려달라고 울었다. "엄마, 나 살려줘요." 무언가가 손에 잡혔다. 한나는 얼른 받았다. 하얀 가루였다. 이게 뭐지 하고 바라보는데 불빛이 사라지고 멀어져가는 발소리가 들렸다. 리즈의 향수 냄새도 멀어져갔다. "엄마 나 여기 있어요. 엄마 나 안 보여요? 엄마 나 살려줘요." 죽어라 소리쳤지만, 이내 무거운 문이 닫히는 소리가 들리고 다시 까만 어둠과 정적뿐이었다. 손에 든 하얀 가루도 보이지 않았다. 한나는 그걸 먹었다. 목도 마르고 배도 고파서 정신없이 입에 털어넣었다. 감각이 사라진 혀에도 그건 너무 짰다. 소금이었다.

"목이 더 말랐어요. 아니, 속이 타는 것 같았어요."

정신없이 엎드려서 혀로 바닥의 물기를 핥았다. 오줌이 조금 고여 있었던 것이다. 혀를 적셨다가 사라지는 물기에 바닥에서 혀를 떼지 못했다. 바닥에 누었던 마른 똥도 씹어 먹었다. 배가 고픈 탓도 있었지만 타는 듯한 갈증에 무엇이라도 입에 넣어야 했다.

"나중엔 바닥에 아무것도 남아 있지 않았어요. 내가 다 먹었거든요. 바닥에 떨어뜨린 소금까지 다 핥아먹었어요. 어두워서 뭐가 뭔지 구분할 수도 없었지만 정신도 멍한 상태였어요."

지쳐서 울음도 나오지 않았다. 잠이 들면 고통이 사라지니까 몸을 잔뜩 웅크리고 잠을 잤다. 자다가 일어나니 수박만한 투명한 수정구슬이 곁에 놓여 있고 바닥에는 소금이 잔뜩 뿌려져 있었다. 그새 리즈가 다녀간 것이다. 수정구슬을 만져보았다. 물기가 약간 느껴졌다. 수정구슬을 핥아먹었다. 배가 고팠지만 소금은 먹지 않았다. 그걸 먹으면 얼마나 고통스러울지 아니까. 배고픔과 갈증에 나중엔 잠도 오지 않아 멍한 상태로 앉아 있었다. 마녀가 빨리 와서 잡아먹기를 기다렸다. 잡아먹기 전에 물이라도 실컷 마시게 해주면 좋겠다고 생각했다.

"목마른 고통이 세상에서 제일 커요. 그건 정말 모를 거예요. 물 한 잔만 마실 수 있다면 죽어도 좋겠다고 생각했어요. 아니, 물에 빠져 죽고 싶었어요."

항아리 속에 있는 건 소금과 수정구슬뿐이었다. 한나는 수정구슬을 핥았다. 투명한 수정구슬이 큰 물방울로 보였다.

"이상하죠. 입에 침이 조금 배어나왔어요. 이상했어요. 바짝 말라 있던 입에 침이 조금 돌자, 잊었던 배고픔이 몰려

오고 나도 모르게 소금을 집어먹었어요. 그러곤 타는 것 같은 갈증에 정신없이 수정구슬을 핥았어요. 소리도 나오지 않고 눈물도 나오지 않는 메마른 울음을 꺽꺽 울다가 수정구슬을 핥으며 잠이 들었어요. 그렇게 얼마나 지났는지 몰라요. 온통 까만 어둠에 잠긴 항아리 속에 있어서 날이 갔는지 어떤지 알 수가 없었어요. 아, 목말라요. 물 좀 줘요."

피터는 물을 따라주고 자기도 컵을 가져다가 물을 따라 마셨다. 한나의 이야기를 듣고 있으니 목이 타는 것 같았다. 한나는 물을 거푸 세 잔을 마셨고 피터도 세 잔 마셨다.

피터는 아무래도 한나의 말이 믿기지 않았다. 한나가 무서운 동화책을 읽고 악몽을 꾼 거라고 생각했다.

"아니에요, 아니에요. 꿈이 아니라고 아까 말했잖아요."

한나는 고개를 절레절레 흔들었다.

"어? 나 아무 말도 안 했는데?"

"다 들려요. 아저씨 생각은 더 잘 들려요. 머리가 안 좋은가……? 아저씨 바보죠?"

"응, 나 바보야. 어렸을 때부터 늘 듣던 말이야." 피터가 덤덤하게 말했다.

"그럴 줄 알았어요." 한나는 고개를 끄덕이며 피터를 빤히 바라보다가 빈 물잔을 내려놓고 발딱 일어섰다. "갈게요. 엄마가 찾을지도 몰라요."

그러고 보니 창에 어슴푸레한 새벽빛이 어리고 있었다. 새벽 다섯시였다. 피터는 큰길까지 한나를 바래다주었다. 아직 미명에 잠긴 거리에 이따금 차들이 불을 켜고 달려가고 있었다. 피터는 차가 다니는 거리가 늘 무서웠다.

"이제 그만 들어가요. 거리가 무섭죠? 다 들려요, 바보 아저씨."

한나는 손을 흔들며 어두운 거리로 걸어들어갔다. 피터는 도로를 건너 멀어지는 한나를 한참 바라보다가 돌아섰다. 을씨년스러운 바람이 불었다. 관리실에 들어와서도 추위가 가시지 않았다. 몸이 덜덜 떨렸다. 피터는 히터를 한껏 올리고 두툼한 점퍼를 입고 이불 속으로 파고들었다.

마틴 형사가 피터를 바라보며 물었다.

"그 리즈라는 이가, 카타리나 사망 사건 기록에 나오는 리즈와 동일 인물인가요?"

"그렇지요. 같은 사람입니다."

"말씀을 듣고 있긴 하지만, 저는 이야기를 종잡을 수가 없군요. 이 이야기가 카타리나 사망 사건과 무슨 관련이 있는지, 도무지……" 마틴이 마뜩잖다는 표정으로 말했다.

피터는 마틴을 바라보며 고개를 끄덕였다.

"그럴 거요. 사실은 나도 그렇다오. 이야기를 하다보면 무언가가 잡히지 않을까 생각하지요." 피터는 창밖을 내다보았다. "벌써 저물녘이 되었군요. 나는 이제 나가서 사람들을 내보내고 문을 닫아야 합니다."

"아, 네. 이만 가보겠습니다. 피터 토레스씨, 내일 다시 찾아뵈어도 괜찮을까요?" 마틴은 살피는 눈빛으로 피터를 바라보면서 물었다.

"그러시오. 그리고 나를 그냥 피터라고 불러주면 고맙겠소."

피터는 일어나서 종을 집어들었다. 마틴은 가볍게 목례하고는 먼저 관리실을 나섰다.

땅거미가 지고 있었다. 피터는 노란 불빛을 매단 가등이 드문드문 서 있는 묘지를 돌며 사람들을 내보내고 육중한 철문을 닫아걸었다. 이제 문을 닫는 데도 힘이 들었다. 자연의 이치지, 차오르고 이울고 이윽고 그믐이 되는 달처럼.

내 생의 그믐이 가까웠어, 하고 피터는 생각했다.

여긴 왜 이리
추운 거야

피터는 관리실 창문을 열어두고 밖을 내다보고 있었다. 아침나절 잠시 흩뿌리던 잔비가 그치고 습기를 머금은 시원한 바람이 불어왔다. 오후 세시가 되자, 관리실을 향해 터벅터벅 걸어오는 마틴이 보였다. 넥타이를 매지 않은 흰색 셔츠 위에 베이지색 얇은 점퍼, 남색 바지에 검은색 구두, 어제와 똑같은 차림새였다. 피터는 마틴을 맞으며 관리실 창문을 닫았다.

간단한 인사를 나누고 마틴은 식탁 의자에 앉아 수첩을 펴들며 말했다.

"피터, 오늘은 카타리나의 이야기를 들을 수 있겠지요?"

피터는 물과 와인을 식탁에 올려두고 맞은편에 앉았다.

"글쎄요. 잊을 수는 없었지만 적잖은 세월 동안 입에 올린 적이 없는 이야기라……" 피터는 와인을 한 모금 마시고 허공을 응시했다. "오랫동안 문을 열어보지 않은 기억의 창고라서 말이지요. 먼지도 많이 쌓이고 거미줄도 많이 쳐져 있을 거요. 그 오래된 어두운 곳에 무엇이 어디에 있는지, 나도 확신할 수 없다오. 그저 하나씩 들춰볼 수밖에……"

우물우물 말하는 피터를 짜증스레 바라보던 마틴이 하는 수 없다는 듯이 고개를 끄덕였다.

"알겠습니다. 네, 입 다물고 듣겠습니다."

그해 크리스마스 다음날이었다. 피터가 환한 햇살이 내리쬐는 묘지를 청소하고 점심을 먹으러 관리실로 향하는데 켄트가 공원 벤치에 앉아 손을 들고 인사했다.

"피터, 오늘은 뭐 먹을 거 없어?"

"오늘은 없는데…… 쉼터에 가면 먹을 수 있잖아요."

"귀찮아서 그러지. 그냥 굶는 게 낫겠다. 귀찮은 건 딱 질색이야."

켄트는 피터보다 나이가 십 년은 더 들어 보이는 노숙자였다. 어디서 왔는지, 언제부터 왔는지 모르지만 눈에 자주 띄는 노숙자 중 하나였다. 피터는 그를 스쳐지나 몇 걸음 걷다가 돌아섰다.

"나 밥 먹을 건데, 함께 먹을래요?"

"거 좋지. 피터 밥 좀 먹어볼까."

켄트는 벤치에서 일어나 스적스적 걸어 피터의 뒤를 따라왔다. 관리실 소파에 털썩 주저앉은 켄트가 주위를 둘러보며 몸을 움츠렸다. 간밤에 하나가 앉았던 자리였다.

"여긴 왜 이렇게 춥냐? 바깥보다 더 추운 거 같네."

"히터 틀었는데……"

"히터가 고장났나?"

켄트가 일어나 히터를 만지다가 소리쳤다.

"앗 뜨거. 히터는 빵빵한데. 근데 왜 이렇게 추운 거야. 한기가 장난 아니네."

켄트는 의자를 끌어다가 히터 앞에 앉았다.

"어어, 이제 좀 낫다. 소파가 유난히 춥네. 가죽이라 그런가."

피터는 작은 주방에서 식빵을 굽고 햄과 치즈를 꺼내고

우유를 두 잔 따라서 내왔다.

"뭐, 계란 같은 건 없냐?"

"마침 떨어졌는데…… 아니, 어제 받은 삶은 계란이 냉장고에 있겠네."

"그래? 그럼 먹자. 음식은 바로바로 먹어야지."

켄트는 스스럼없이 냉장고에 있는 삶은 계란 세 개를 모두 꺼내왔다. 작은 식탁에 앉은 두 사람은 이마를 마주하고 점심을 먹었다. 피터는 켄트에게서 나는 퀴퀴한 냄새에 할아버지를 떠올렸다. 그러고 보니 누군가와 식탁에 마주앉아 식사하는 건 할아버지가 죽은 후 처음이었다.

"당신한테서 할아버지 냄새가 나요."

"그래? 그럼 앞으로 날 할아버지라 불러."

"어, 그럴게, 할아버지."

식사를 마치고 커피를 내려 마시며 켄트가 티브이를 가리켰다.

"티브이 좀 켜봐라."

"어? 난 켜본 적 없는데? 어떻게 켜는지 몰라."

"바보냐? 티브이도 못 켜게."

켄트는 티브이를 켜고 느긋하게 소파에 앉았다.

"이상하네. 여긴 왜 이리 추운 거야. 꼭 돌바닥에 앉은 거처럼 차갑네."

피터는 켄트가 나가기를 기다리며 관리실을 서성이다가 말했다.

"나 일하러 나가야 하는데, 그만 가줄래요?"

"일해. 난 여기서 티브이 좀 볼게."

피터는 잠시 더 서성였지만 켄트는 티브이에 눈을 준 채 피터를 쳐다보지도 않았다. 할 수 없이 피터는 켄트를 그대로 두고 관리실을 나왔다.

햇볕이 강하게 내리쬐고 있었다. 피터는 묘지를 한 바퀴 둘러보고 다시 관리실에 들어갔다. 켄트가 보이지 않았다. 갔나 싶었는데 침실에서 코 고는 소리가 들렸다. 켄트가 침대에 드러누워 자고 있었다. 난감한 표정으로 그를 바라보던 피터는 침실 문을 닫고 소파에 앉았다. 소파는 차가웠다.

노을이 지고 이내 저녁 어스름이 깔렸다. 피터는 파스타를 삶아 저녁을 차려놓고 켄트를 깨웠다. 둘은 이마를 맞대고 저녁을 먹었다.

"오, 파스타 맛있는데. 바보가 요리는 잘하네."

"할아버지는 날 바보라 부르지 않았는데."

"그럼 뭐라고 불렀는데?"

"불쌍한 피터."

켄트는 파스타를 내뿜으며 웃음을 터트렸다.

"우하하하, 불쌍한 피터? 그게 그 말이야. 바보 피터라는 뜻이야."

"아닌데…… 불쌍한 피터랑 바보 피터는 다른데."

"그럼 불쌍한 피터라고 부를까? 에이, 그래도 짧게 줄여서 바보가 부르기 좋다."

"맘대로 불러. 대신 밥 먹고 나가줘, 할아버지."

켄트는 또 박장대소했다.

저녁을 먹고 켄트는 커피를 내려 마시며 티브이를 켰다.

"이제 그만 가줘."

피터 말에 켄트는 고개도 돌리지 않고 짜증스레 손을 흔들었다.

"가만있어봐. 지금 중요한 대목이야."

켄트는 자리에서 일어날 기미를 보이지 않았다. 피터가

주위를 서성이자 켄트가 짜증스레 말했다.

"아, 나가서 일해. 나 이것만 보고 갈 거야. 나가서 한잔 빨아야지, 이 좁은 데서 답답해서 살겠냐."

"약속 지켜, 할아버지. 꼭 나가야 해."

"알았어, 알았어. 여기 살라고 부탁해도 답답해서 나간다. 걱정 말고 일해, 불쌍한 바보."

피터는 하는 수 없이 관리실을 나와 묘지를 한 바퀴 돌았다. 간단하게 치울 거 치우고 어디 쓰러진 노숙자가 없나 살펴보았다. 은은한 겨울밤이 묘지 위에 내려앉고 있었다. 이 시간을 피터는 좋아했다. 밤이 내리는 시간. 그동안은 자기가 왜 이 시간을 좋아하는지 몰랐는데, 한나의 방문과 관리실을 차지하고 있는 켄트 때문에 알게 되었다. 밤이 내리면, 사람들을 더는 만나지 않아도 되는 시간이 왔다. 아침이 오기까지, 피터 혼자만의 시간이었다.

관리실로 향하면서 피터는 켄트가 가고 없기를 간절히 바랐다. 갔겠지, 안 갔을까, 갔을 거야, 아니 안 갔을지도 몰라, 그럼 어떡하지…… 피터는 관리실 불이 꺼져 있는 걸 보고 안심했다. 갔구나. 조심스레 관리실 문을 열었다. 티브이도 꺼져 있고 조용했다. 침실 문을 열었다. 켄트가 침대에 누워 자고 있었다. 피터는 한숨을 내쉬었다. 켄트를 흔들어 깨웠지만 꼼짝도 하지 않았다. 오랜 노숙으로 많이 지쳤을 거란 생각도 들었다. 오늘 하룻밤만 자고 가겠지. 아니, 곧 일어나서 갈지도 몰라. 피터는 소파에 자리를 깔고 누웠다.

밤이 깊어가는데도 켄트는 일어나지 않았다. 켄트의 퀘퀘한 냄새와 코 고는 소리가 작은 관리실을 가득 채웠다. 피터가 뒤척이다가 설핏 잠이 들었는데, 문 두드리는 소리가 들렸다. 한나였다. 관리실에 들어선 한나가 주위를 둘러보았다.

"이게 뭐지? 나쁜 기운이 온통 가득하네."

한나는 소파에 앉아 물을 달라고 했다. 피터는 물잔을 건네고 물을 따라주었다. 한나는 물을 맛있게 마시고는 다시 주위를 둘러보았다.

"이상해. 아저씨 것이 아닌 기운이 가득해. 침실에 누구 있어요?"

피터는 고개를 끄덕였다.

"누구?"

"켄트 할아버지……"

"늙은 기운이 아닌데?"

"어, 젊어. 그냥 할아버지라 부르는 거야."

한나는 답답하다는 듯이 고개를 흔들고는 자리에서 일어나 문을 거칠게 열고 침실로 들어갔다. 켄트를 내려다보던 한나가 고개를 바짝 들고 키 큰 피터를 쏘아보았다.

"나쁜 인간이야. 당장 내보내요."

그러고는 침대가를 손가락으로 가리키며 소리쳤다.

"너희도 나가. 피터는 내 거야."

피터는 어리둥절한 눈으로 한나를 바라보았다. 한나의 손가락이 가리키는 곳에는 아무도 없었다.

"뭐라고? 빨리 나가라고! 이 인간 데리고 당장 나가."

한나는 침대가를 바라보며 다시 소리쳤다. 갑자기 오싹한 한기가 피터의 목덜미를 스쳤다. 온몸에 소름이 돋았다. 피터는 떨리는 목소리로 물었다.

"누, 누구한테 말하는 거니?"

"이 인간 깨워. 당장 깨워요." 한나가 피터를 바라보며 소리쳤다.

피터는 켄트를 흔들어 깨웠다. 한나가 무서웠다. 켄트는 귀찮다는 듯이 피터의 손을 거칠게 뿌리치며 일어났다.

"아, 왜 깨우고 지랄이야. 자고 간다고. 조금만 더 자고 갈게, 걱정 마, 바보 자식아."

다시 누우려는 켄트를 쏘아보며 한나가 말했다.

"이 인간한테 말해요. 필리파가 나가자고 한다고."

"필리파가 누군데?" 피터가 한나에게 물었다.

피터의 말에 켄트가 깜짝 놀라며 일어나 앉았다.

"필리파? 너 지금 필리파라고 했냐?"

"어. 필리파가 나가자고 한다는데." 피터가 대답했다.

"니가 필리파를 어떻게 알아? 필리파가 뭐라고 했다고?" 켄트가 주위를 둘러보며 갑자기 몸을 떨었다.

"필리파가 울고 있어. 필리파가 저기 울고 있다고."

한나가 말했고, 피터는 한나가 말한 대로 중얼거렸다.

"이 바보 자식이 뭐라는 거야? 필리파가 어디 있다고? 니가 필리파를 어떻게 아냐고?!" 이상한 일이었다. 켄트는 바로 곁의 한나를 바라보지 않았다. 그는 피터만 바라보며 소리쳤다. "빨리 말 안 해?!"

"나는 몰라. 여기 한나가 알려준 거지."

"한나는 또 누구야? 여기라니? 여기 너 말고 누가 또 있다는 거야." 켄트는 침대에서 일어나 두리번거리며 피터의 멱살을 잡았다. "똑바로 말해, 이 바보 자식아. 니가 필리파를 어떻게 알아? 누구한테 들은 거야."

"이 나쁜 놈!"

한나가 켄트의 다리를 발로 걷어찼다. 켄트는 여전히 피터만 쏘아보았다.

"여기 한나 있잖아…… 안 보여?"

피터는 정신이 아득해왔다. 이 상황이 도저히 이해되지 않았다.

"뭐가 보인다는 거야? 이 바보 자식이 이제 생쇼를 다 하네."

"바보 아저씨, 이 나쁜 놈한테 말해요. 필리파가 묻고 있다고. 왜 죽였냐고. 너를 그렇게 사랑했는데 왜 죽였냐고 묻는다고 말해." 한나가 피터에게 말했다.

"니가 말하면 좋겠어. 나 무섭고 힘들어." 피터가 기어들어가는 목소리로 한나를 보며 말했다.

"뭐라고? 너 지금 누구한테 말하는 거야? 필리파를 어떻게 아냐니까?!"

피터는 한숨을 내쉬고 멱살을 쥔 켄트의 손을 밀쳐내려 했지만 소용없었다.

"여기 한나가 말했어. 필리파가 너한테 묻는데. 왜 죽었냐고. 필리파는 너를 그렇게 사랑했는데."

켄트가 겁에 질린 눈으로 피터를 바라보더니, 멱살을 놓고 뒤로 슬금슬금 물러나며 주위를 두리번거리다가 황급히 주방으로 가서 식칼을 움켜잡았다.

"가까이 오지 마. 오지 마. 이게 뭐야? 여기 너 말고 누가 또 있어?" 켄트는 뒤를 돌아보고 주위를 둘러보며 침실 밖으로 나갔다. "이리 나와, 이리. 여기 앉아."

피터는 켄트가 시키는 대로 침실을 나와 소파에 앉았다. 한나가 피터 곁에 와서 앉으며 말했다.

"나쁜 놈. 저를 사랑하는 여자를 죽이고, 지 인생도 짓밟은 나쁜 놈."

켄트는 피터를 향해 식칼을 겨누고 물었다.

"필리파 얘기는 누구한테 들은 거야? 한나는 또 누구야? 말해."

"바보 아저씨, 내가 하는 말을 그대로 따라 해."

한나가 말했고, 피터는 싫다고 고개를 저었다. 켄트도 싫고 한나도 싫고, 누군지도 모르겠고 보이지도 않는 필리파는 더 싫었다. 그저 언제나처럼 혼자 있고 싶었다. 피터는 한나에게 중얼거렸다.

"부탁인데, 모두 데리고 나가주면 좋겠어. 나는 너무 무섭고 힘들어."

한나는 한숨을 내쉬었다. 그러고는 허공을 바라보며 말했다.

"이해하기 어렵겠지만, 지금 이 상황은 내가 만든 게 아냐. 저 인간을 여기 끌어들인 건 내가 아니니까. 그리고 저 인간에게는 유령이 따라다니고 있어요. 필리파라는 유령과 입 없는 유령이야."

"입 없는 유령?"

피터는 놀라서 눈을 크게 떴다.

"응, 무슨 사연이 있겠죠. 저 인간이 죽인 여자들 같아."

한나가 말했다.

"입 없는 유령이라니? 야, 바보 자식아, 너 지금 무슨 소리 하는 거야, 응?" 켄트가 묻고는 일어서서 주위를 둘러보았다. "여기 유령들이 있는 거야, 응?" 켄트가 손에 쥔 칼을 허공에 휘둘렀다. "야, 바보 자식아. 어디 있는 거야, 유령이? 응?"

"유령들이 있다고 알려줘요, 저 인간한테." 한나가 켄트를 바라보며 차갑게 말했다. "저 인간이 죽인 여자들이 지금 여기 있다고 말해."

피터는 고개를 숙이고 고민하다가 켄트에게 더듬더듬 말했다.

"켄트, 여기 유령들이 있어. 당신이 죽인 여자들이래. 필리파 유령과 입 없는 유령이래."

켄트의 표정이 점점 굳어지더니 주위를 둘러보며 뒷걸음질치기 시작했다. 켄트는 관리실 문을 열고는 피터를 바라보았다.

"나 간다, 바보야. 무슨 소린지 모르겠지만 필리파 이름은 잊어라. 다신 입에 올리지 마."

켄트는 손에 쥔 칼을 몇 번 더 허공에 휘두르고는 얼른 밖으로 나가서 꽝 소리가 나게 문을 닫았다.

피터는 한숨을 내쉬었다. 무슨 소린지 모르겠는 건 정작 피터였다. 피터는 한나도 그만 가줬으면 하고 바랐지만 한나는 그럴 생각이 없어 보였다. 한나는 허공을 바라보며 말했다.

"이제 너희도 그만 가줄래? 무슨 사연인지는 알겠지만, 너희도 보다시피 이 아저씨는 너희를 도울 형편이 못 돼." 그러고는 한나는 고개를 끄덕였다. "그래, 피터에게 인사 전할게."

한나는 지금 유령들과 대화하고 있는 것일까, 유령이 정말 있는 걸까, 피터는 생각했다.

생전의 할아버지는 밤에 묘지를 무서워하는 어린 피터에게 말하곤 했다.

"세상에 귀신은 없다. 유령이니 영혼이니 하는 건 다 사람들이 만들어낸 거다. 죽으면 끝이야. 아무것도 없어. 그걸로 끝인 거지. 세상에 귀신이 있다면 나쁜 놈들 다 잡아가지, 저렇게 멀쩡하게 살아 있게 놔두겠니."

피터는 할아버지 말이라면 다 믿었지만, 왠지 그 말은 믿기지 않았다. 이따금 늦은 밤에 할아버지 주위를 맴도는 여자를 얼핏 본 적도 있었으니까. 그 말을 하면 할아버지는 히죽 웃으며 말했다.

"그건 우리 불쌍한 피터가 상상력이 좋아서 그런 거야. 상상력은 세상에 없는 것을 만들어서 보게도 하는 힘이 있다고 하더라. 할아버지가 젊었을 때 큰 전쟁이 벌어졌는데, 죽은 사람이 엄청 많았어. 바로 내 옆에서 나하고 대화를 나누다가 총 맞아 죽은 병사도 적지 않았지. 방금 전까지 웃으며 얘기하던 이가 순식간에 땅바닥에 나뒹구는 나무 토막처럼 되어버리는 거야. 그리고 이곳에서 일하면서 숱하게 만난 죽음도 그렇고…… 그 수많은 죽음을 보면서 생각했지. 인간이란 게 살아 있을 때나 생각도 하고 말도 하고 웃고 울고 하는 거지, 죽으면 끝이야, 끝. 아무것도 남지 않아. 남을 것도 없고, 남을 수도 없어. 배고픈 들짐승이나 벌레들한테는 그저 고깃덩이에 불과한 몸뚱이만 남는 거지. 영혼은 무슨, 다 종교 장사꾼들이 지어낸 말이지."

할아버지는 교회에 나가지 않았다. 묘지 바로 앞에 교회가 있었지만 쳐다보지도 않았다. 일요일에 피터가 멍하니 교회를 바라보고 있으면 할아버지는 말했다.

"교회 가고 싶은 거야? 가고 싶으면 가도 돼."

피터는 교회가 궁금했다. 사람들이 주일이면 잘 차려입고 모여 교회에서 무슨 일을 하는지 궁금했다. 하지만 사람들이 무서웠다. 잘 차려입은 사람들은 더 무서웠다. 피터는 그저 멀찍이서 교회를 바라보기만 했다.

할아버지는 죽어서 아무것도 없이 사라졌을까. 아니면 유령이 되어 떠돌고 있을까. 문득 그게 궁금했다. 한나에게 할아버지 이야기를 들려주고 나서 물었다. 한나는 손을 내저으며 말했다.

"그건 내 이야기를 들으면 저절로 알게 될 거야. 그러니까 내 이야길 들어줘요. 목말라요. 물 한잔 줄래요?"

피터가 물을 따라주자, 한나는 물을 한 모금 머금었다가 천천히 삼키고 빨간 혀로 입술을 핥은 후 이야기를 시작했다.

"어느 날 눈을 떠보니 환한 거예요. 환한 빛이 사방에서 쏟아지고 있었어요. 고개를 드니 엄마가 보였어요. 엄마가 나를 내려다보고 있었어요."

한나는 리즈가 자신을 구해줬다고 생각했다. 한나는 환하게 웃으며 두 팔을 뻗어 리즈를 안으려고 했다. 그런데 바로 눈앞의 리즈가 잡히지 않았다. 한나는 놀라서 리즈를 불렀다. "엄마, 엄마 나 안아줘요." 리즈가 한나를 바라보며 환하게 웃었다. 리즈의 미소는 언제나 아름다웠다. "한나, 안녕. 엄마 보이지?" 리즈가 다정하게 말했다. 한나는 기뻤다. "네, 엄마. 엄마 보여요. 엄마 나 좀 안아줘요. 나는 엄마가 안 만져져요." 리즈는 다정한 미소를 지으며 말했다. "그건 한나가 수정마을로 이사 가서 그래. 어때, 한나가 사는 곳이 멋지지 않니? 투명하고 밝은 수정마을이 이제 한나의 집이란다. 이제 한나는 수정요정이야." 그게 무슨 말인지 하나도 알아들을 수 없었다. 수정마을의 수정요정이라니. 그러고 보니 몸이 가뿐했다. 고통은 사라지고 허기도 사라졌다. 하지만 목이 타는 듯한 갈증은 여전했다. "엄마, 물 좀 줘요. 목이 너무 말라요." 리즈는 고개를 끄덕였다. "그래,

목마르지? 엄마가 물 줄게. 그전에 대답 하나 해줘야 해. 엄마가 고민이 하나 있는데, 그게 뭔지 아니? 그걸 알아맞히면 물 줄게." 한나는 리즈를 빤히 올려다보았다. 그러자 신기하게도 리즈의 생각이 또렷하게 들렸다. 리즈는 입을 다물고 미소 짓고 있는데, 이상하게 리즈의 말이 들렸다.

"그런데 왜 그랬대? 엄마가 한나에게 왜⋯⋯?" 피터가 물었다.

"설명할 시간 없어요. 필리파 때문에 시간을 많이 썼잖아요. 그냥 들어줘요."

리즈는 임신중이었다. 지금 만나는 남자와의 사이에서 아기가 생겼는데 그 남자와 결혼해야 할지 말지 고민하고 있었다. 한나는 리즈에게 말했다. "엄마, 그 남자하고 결혼하지 말아요. 그 남자가 엄마한테 바라는 건 엄마가 가진 돈뿐이에요. 엄마, 임신 축하해요." 그러자 리즈는 활짝 웃으며 말했다. "빙고, 착한 우리 한나. 물 줄게." 리즈는 물 한 컵을 수정구슬에 부어주었다.

"이상하게도 엄마가 내게 물을 주지 않고 머리 위에 부었어요. 그러자 신기하게 내 머리 위로 비가 내리는 거예요.

나는 입을 벌리고 빗물을 받아먹고 바닥에 고인 물도 엎드려서 핥아먹었어요."

한나가 물을 마시고 일어서자 그새 리즈는 어디로 사라지고 없었다. 한나는 주위를 두리번거리다가 벽에 붙은 커다란 거울을 보았다. 탁자 위에 수정구슬이 놓여 있고 그 속에 자신이 들어 있었다. 탁자는 방 한가운데 놓여 있었다. 처음 보는 방이었다.

"엄마의 가게였어요. 엄마는 주술사로 유명한 사람이었는데 영험이 떨어지자 나를 수정구슬에 넣은 거예요."

"사람이 어떻게 수정구슬에 들어가니?" 피터는 이해되지 않아서 물었다.

"사람은 못 들어가죠, 바보 아저씨. 아직도 모르겠어요? 나는 사람이 아니에요. 나는 항아리에서 죽었어요. 엄마가 나를 죽인 거예요. 나는 굶주리고 목말라 죽은 영혼이에요."

피터는 멍한 눈으로 한나를 가만히 바라보았다. 유령이라니, 좀전에 필리파 유령이며 입 없는 유령 이야기를 한나에게 듣긴 했지만 피터는 실감이 나지 않았다. 잘 모르긴 하지만, 유령은 무언가 다른 세계에 속한 거 아닌가 하는 생각이 들었다. 그런데 크리스마스이브부터 밤마다 마주 앉아 이야기를 나눈 여섯 살 아이가 유령이라니, 믿을 수 없었다.

"그럼 네가 유령이야? 나는 네가 하나도 안 무서운데?" 피터가 믿을 수 없다는 표정으로 물었다.

"유령이 무서운 거라고 누가 그래요. 유령은 힘이 없어요. 그래서 아저씨한테 도와달라고 온 거예요. 크리스마스이브에 성탄 미사를 구경하러 왔다가 아저씨를 보고 얼마나 기뻤는지 몰라요. 나하고 눈이 마주친 걸 알았거든요. 나를 알아보는 사람은 아저씨밖에 없었어요. 엄마도 내가 수정 구슬에서 나오면 보지 못해요."

"그런데 내가 뭘 도와줄 수 있어? 난 할 줄 아는 게 없어. 내가 바보라는 거 너도 알잖아."

"알아요. 아저씨가 바보라서 나를 알아보고 내 목소릴 듣는 거니까."

"내가 바보라서?"

"네, 바보는 영혼이 맑아요. 영혼이 맑은 아가들과 바보

들만 유령을 볼 수 있어요. 스스로 뭘 좀 안다고 생각하는 사람들은 머리에 든 게 많아서 영혼이 탁해요. 탁하고 흐린 물에 뭐가 비칠 리 없죠."

"아까 필리파 유령은 안 보였는데? 나는 필리파 유령도 입 없는 유령도 못 봤어."

"그건 그 유령들이 켄트한테 집착하고 있어서 그래요. 영혼이 맑은 사람도 지박령과 인박령을 보긴 어려워요. 그들은 붙들린 영혼이니까요."

"지박령은 뭐고, 인박령은 또 뭐야?" 피터가 도무지 모르겠다는 듯이 눈을 깜빡이며 물었다.

"어떤 장소에 붙들린 영혼은 지박령, 어떤 사람한테 붙들린 영혼은 인박령이라고 해요. 집착은 스스로 붙들리는 거예요. 사람이든 유령이든 어딘가에 붙들리면 거기에 갇혀요. 불행하게도, 스스로 갇히는 거죠."

"어렵네. 그런 어려운 얘기는 나 몰라. 그런데 나한테 뭘 도와달라는 거야?"

"수정구슬에서 나오고 싶어요. 도와줘요."

"넌 지금 수정구슬에서 나와 있잖아."

"지금은 나왔죠. 그런데 엄마가 부르면 다시 수정구슬에 갇혀요. 엄마가 수정구슬에 대고 나를 부르면 밖에 있던 내가 수정구슬에 빨려들어가요. 수정구슬을 깨뜨려야 해요."

"수정구슬을 깨뜨려도 엄마가 수정구슬을 다시 살 수 있지 않을까?"

"수정구슬을 다시 산다 해도, 그건 내가 갇힌 수정구슬과 달라요."

한나는 자신의 영혼을 불러들일 힘은 오직 그 수정구슬에만 있다고 했다. 목마른 영혼이 커다란 물방울이라 착각하고 간절하게 핥고 핥다가 품에 안고 죽은 구슬이고, 자신이 죽은 줄도 모르고 울면서 갈 곳을 잃은 영혼이 그 구슬속으로 들어간 거라고 했다.

"그때는 그 항아리 속을 벗어날 수만 있다면 어디든 좋다고 생각했으니까요. 게다가 나는 구슬 속에서 너무 오래 살았어요. 그곳을 벗어나려면 그 수정구슬을 깨뜨려야 해요."

"그건 어떻게 알았니? 수정구슬을 깨뜨리면 벗어날 수 있다는 건."

"엄마가 알려준 셈이죠. 엄마가 수정구슬이 행여 탁자에서 떨어질까봐 받침대를 늘 살펴보고 하도 애지중지하기에 엄마의 생각을 읽으려 애썼어요."

결정적인 건, 리즈가 그렇게 소중하게 여기는 딸이 친구를 데려와 가게에서 숨바꼭질하며 뛰어놀다가 넘어지며 탁자에 부딪혔을 때였다. 꽤 오래전 일인데, 그때 탁자가 밀리며 수정구슬 받침대가 넘어질 뻔했다.

"엄마가 새파랗게 질린 얼굴로 화를 내는데, 딸에게 그렇게 무섭게 화를 내는 건 처음 보았어요. 그때 엄마의 생각을 확실하게 읽을 수 있었죠."

"임신중이라더니 그 딸이 벌써 태어난 거야?" 피터가 놀라서 물었다.

"아, 미안해요. 내가 아직 말하지 못했네요. 내가 수정구슬에 갇힌 건 이십삼 년 전이에요. 이십삼 년 동안 나는 수정구슬에 갇혀 엄마를 위해 일했어요."

가게에 손님이 찾아오면 주술사 리즈는 수정구슬을 들여다보게 했다. 손님의 눈에는 그저 투명한 수정구슬이었지만 그 안에 한나가 들어 있었다. 한나는 구슬을 들여다보는 사람의 눈을 보고 그의 생각을 읽었다. 누구나 고민이 있고 생각이 많았다.

"나는 가게에 찾아온 손님들의 고민을 듣고, 그 고민에 대한 생각도 듣고, 엄마에게 말해줬어요. 그게 내가 하는 일이에요. 그러면 손님들은 대단하다고 놀라며 가고, 엄마는 내게 물을 줬어요. 손님이 없을 때는 목마르다고 애원해도 들은 체도 하지 않았어요."

"그런데 한나가 손님들에게 해주는 말이, 그게 다 맞아?" 피터가 물었다.

"그건 나도 모르죠. 엄마가 그 남자와 결혼하는 게 좋은지 어떤지 나는 몰라요. 엄마의 생각을 읽고 말해준 것뿐이었죠. 엄마는 그 남자가 자기 돈을 보고 청혼했다고 생각하고 있었고, 나는 그걸 듣고 말해준 거예요. 사람들은 자기 고민에 대한 나름의 답을 다 갖고 있더라고요. 나는 그걸 듣고 얘기해주는 것뿐이죠. 그러니까 진짜 그런지는 알 수 없어요. 어쩌면 카타리나 아빠는 정말로 엄마를 사랑했는지도 몰라요."

"카타리나 아빠? 카타리나가 누구야?"

"엄마가 임신중이었던 그 딸이 카타리나예요. 그애가 지금 스물세 살이에요."

"그럼 너는 이십삼 년 전에 여섯 살이었으니까 지금
은……"

"여섯 살이죠. 여섯 살에 죽었으니까. 유령은 나이를 먹
지 않아요."

"그때 죽지 않았으면, 지금 나랑 동갑이겠구나."

"맞아요. 어쩌면 아저씨랑 친구가 되었을지도 모르죠."

"아닐 거야. 너도 날 바보라고 놀리고 괴롭혔을 거야. 난
친구가 없어."

피터의 말에 잠시 생각에 잠겨 있던 한나가 말했다.

"그럼 우리 친구할까…… 어때, 친구가 되는 거?"

"친구……? 친구……?" 피터가 한나를 바라보며 친구라
는 말을 몇 번 되뇌다가 말했다. "친구? 좋아. 우리 친구해."

"응, 이제 우린 친구야." 한나가 환한 표정으로 말했다.
"지금 이렇게 만나고 있는 걸 보면 우린 인연이 있는 거야.
난 이십삼 년 동안 사람들을 많이 만나고 그들의 생각을 들
으면서 이것저것 알게 되었어. 인연이라는 게 있대. 그건 사
라지지 않고 생을 거듭해도 이어진대."

"생을 거듭해? 죽으면 유령이 되는 게 아니고?"

"그건 선택이래. 죽은이의 영혼이 세상을 떠나고 싶지 않으면 유령이 되어 세상을 떠돈대. 떠나고 싶은 영혼은 영혼계로 간다고 들었어. 영혼계에 가서 새로운 생을 받아 다시 태어나는 영혼도 있고, 영혼계에 머무는 영혼도 있대."

"영혼계니, 새로운 생이니…… 너무 어려워. 오늘은 정말이상한 날이야. 게다가 네가 유령이라니……"

피터는 고개를 저었다. 너무 많은 일을 겪고, 너무 많은이야기를 들은 날이었다. 갑자기 피곤이 몰려왔다. 그새 창밖이 밝아오기 시작했고, 혼곤한 잠이 쏟아지듯 몰려들었다. 절로 눈이 감겼다.

"바보 아저씨, 아니 피터, 졸지 말고 내 이야기 조금만 더들어줘."

"나 너무 졸린데……"

"유령 무섭다면서. 유령 앞에서 잠이 오니?"

"어, 너는 하나도 안 무서워. 넌 유령이 아닌가봐." 피터는눈을 감은 채 말했다.

"알았어. 내일 다시 올게. 잘 자, 피터."

문이 열리고 이내 조용히 닫히는 소리가 들렸다. 그사이 찬바람이 들어왔다. 피터는 노곤한 몸을 일으켜 침실로 들어갔다. 켄트가 남기고 간 퀴퀴한 냄새가 코를 찔렀다.

마틴이 고개를 숙이고 메모를 하다가 지친 목소리로 말했다.

"하, 이제나저제나 기다리던 카타리나의 이름이 드디어 나왔군요. 벌써 저녁이 다 되었는데 말입니다."

그는 허탈한 표정으로 창을 바라보았다.

"그렇군요. 그새 날이 저물고 있군요, 저는 이만 나가봐야겠습니다."

마틴의 시선을 따라 창을 바라보며 피터가 중얼거렸다.

"오늘도 헛걸음을 한 것 같군요. 제가 듣고 싶은 사건 이야기는 없고, 도무지 믿을 수 없는 이야기만 잔뜩 들었습니다."

피터는 마틴의 얼굴을 한참 바라보다가 고개를 끄덕였다.

"그렇지요. 누가 듣고 믿을 거란 생각은 하지 않아서 말한 적도 없다오. 묻는 사람도, 말할 사람도 내겐 없었지만 말이오."

"그런데 제겐 왜 말씀하시는지 물어봐도 될까요?"

마틴이 호기심 어린 눈으로 피터를 살피듯이 바라보며 물었다.

"마틴 형사는 아마도 내 말을 믿게 될 거요. 그런 생각이 든다오."

피터의 말을 들으며 마틴은 고개를 끄덕였다.

"그랬으면 좋겠습니다. 내일은 제가 믿을 만한 이야기를 들려주실 것으로 기대하겠습니다. 시간 내주셔서 고맙습니다."

셋째 날

충분하답니다
우린 냄새로도

그해 12월 27일이었다. 피터는 아침 햇살을 밟으며 묘지를 돌았다. 몇 바퀴째인지 모를 만큼 돌고 또 돌았다. 어제는 정신이 없어서 미처 실감하지 못했던 일들이 생생하게 다가왔다. 노숙자 켄트, 필리파 유령, 그리고 믿을 수 없는 한나의 이야기. 꿈을 꾼 것이라면 악몽일 것이다. 몸이 천근만근 무거운 이유도 악몽에 시달린 탓이라고 여기면 되었다. 그런데 분명 꿈은 아니었다. 피터는 도시를 내려다보았다. 저 빌딩숲과 빼곡한 집들, 저기 수많은 사람이 살아가고 있고 수많은 일이 벌어지고 있다. 피터는 한 번도 생각해보지 않은 일들이었고 이해할 수 없는 일들이었다.

오후가 되자 공원묘지는 점심을 먹고 몰려든 사람들로 활기가 넘치기 시작했다. 노숙자들도 눈에 띄었지만 켄트의 모습은 보이지 않았다. 켄트는 어디 갔을까, 필리파 유령과 입이 없다는 유령은 켄트와 무슨 관계일까, 그런 의문이 잠시 들었지만 피터는 고개를 저었다. 알고 싶지 않았고, 잊고 싶은 일이었다.

어제 겪은 일들을 전부 꺼내놓고 환한 햇빛에 말리고 싶었다. 온몸에 눅눅하게 달라붙은 피로가 풀리지 않았다. 점심도 거른 채 피터는 묘지를 걷다가 문득 켄트의 냄새가 떠올라 관리실로 향했다. 문과 창문을 활짝 열어두고 침구를 걷어내 빨래하고 침실과 관리실 구석구석을 꼼꼼하게 쓸고 닦았다. 소파와 식탁과 의자도 모두 닦았다. 그새 노을이 지고 어스름이 깔렸다.

피터는 빵을 데우고 냉장고에 남아 있는 토마토와 바질과 치즈와 햄을 꺼내 올리브오일을 두른 냄비에 함께 넣고 볶았다. 그것으로 저녁식사를 해결하고 냉장고 안도 꼼꼼하게 닦았다.

내일은 교회 앞 광장에 장이 서는 날이니까 식재료를 사다 둬야겠어, 피터는 생각했다. 장은 매주 토요일에 서는데, 피터는 2주일에 한 번 혹은 한 달에 한 번 시장에 갔다. 장에 가는 일, 사람들을 만나는 일은 언제나 두려웠다. 게다가 물건값 계산은 늘 힘겨웠다. 물건을 사고 피터가 지폐를 내밀면 상인들이 알아서 거스름돈을 내주었다. 피터의 주머니에는 거스름돈으로 받은 동전이 수북이 쌓여갔고, 장에서 돌아오면 동전들을 관리실 서랍에 넣어두었다. 오늘청소를 하면서 피터는 서랍에 가득했던 동전들이 사라졌다는 것을 알았다. 그 동전들이 모두 켄트의 외투 주머니로들어갔을 거라는 것도. 어렸을 때부터 겪어온 일이라 아무렇지도 않았다. 할아버지는 늘 어린 피터에게 용돈을 챙겨주었다. 하지만 그 돈으로 피터가 무엇을 산 적은 한 번도없었고, 늘 그를 괴롭히던 루퍼트에게 빼앗겼다. 그건 아마할아버지도 알고 있었을 것이다. 할아버지는 용돈을 주면서도 그 돈으로 무엇을 샀는지 어디에 썼는지 한 번도 물어본 적이 없었으니까.

그날 피터는 이른 저녁 잠자리에 들었다. 오늘은 한나가

오지 않았으면 좋겠다고 생각했다. 몸이 너무 피곤했고, 한나의 이야기를 듣는 일이 괴로웠다. 한나가 겪었던 고통이 그대로 전달되는 것 같았다.

그날 밤, 한기가 느껴지고 사람들이 웅성거리는 소리에 피터는 잠이 깼다. 눈을 뜨자, 방안 가득 수많은 여자가 둘러서서 피터를 내려다보고 있었다. 왈칵 두려움이 들어 얼른 눈을 다시 감고 몸을 한껏 웅크렸다. 이상하다는 생각보다는 무서움이 먼저 들었다.

"어머, 깼나봐."

"쉿, 잠덧인지도 몰라."

"아닌데…… 깼어. 이제 나가자. 너무 놀라서 도망갈까 싶네."

"아우, 꽃미남이야. 영은 또 어쩌나 맑은지……"

"머리가 나빠서 좀 답답할 거야."

"그래서 우리를 볼 수 있고 우리 말을 들을 수 있다잖아. 그게 어디니?"

"한나라는 아이 때문에 아주 좋은 걸 알게 됐어."

"그런데 그 아이가 독차지하고 있잖아?"

"일단 그 아이가 원하는 걸 얻으면 물러가겠지. 아니면 최소한 공유해야 하는 거 아니니?"

"그럼 그럼, 공유해야지. 저 인간은 공유재야."

여자들이 낮은 목소리로 중얼거리며 침실에서 나가는 소리가 들렸다. 피터는 가만히 눈을 뜨고 방을 둘러보았다. 아무도 없었다. 가만히 일어나 방 밖을 내다보았다. 아무도 없었다. 피터는 숨을 내쉬고 불을 켰다. 한기가 몸을 엄습했다. 두툼한 점퍼를 꺼내 입고 따뜻한 차를 내려 꿀을 듬뿍 타서 마셨다. 묘지를 떠나고 싶었다. 하지만 갈 곳이 없었다. 노숙자가 될까, 하고 생각했다. 가본 적은 없지만, 이 도시에 좋은 노숙자 쉼터가 있다는 말은 들어서 알고 있었다.

문을 두드리는 소리가 났다. 한나였다. 한나는 웃는 얼굴로 들어섰다. 한나가 웃는 모습은 처음이었다.

"좋은 일 있어?"

"나? 아니."

"그런데 왜 웃어?"

"오는 길에 아줌마들을 만났어. 아줌마 유령들. 그동안 오며가며 유령 몇을 보긴 했는데 이렇게 많이는 첨 봤어. 애기도 첨 나눴고."

"여기 유령들이 그렇게 많아?"

"당연하지. 묘지잖아. 늦은 밤이면 이곳은 유령마을이 된 대. 나도 방금 듣고 알았어."

"유령마을?"

"응, 여기 유령 아줌마 몇이 어제 창밖에서 우리 얘길 들었대. 너도 만났다고 하던데."

"아니, 안 만났는데?"

"자는 척했다며? 피터는 겁이 많다고 말해줬어."

"아까 어떤 여자들이 내 방에 모여 서서 자고 있는 나를 내려보는 것 같긴 했어. 놀라서 깼어. 만나진 않았어."

"아줌마들이 너를 공유하재."

"공유? 그게 뭐야?"

"함께 갖는 거지."

"뭘 함께 가져?"

"너를. 너를 함께 갖자고 나한테 제안했어."

"나를 어떻게 가져? 그리고 그걸 왜 너한테 제안해?"

"잡아먹진 않으니까 걱정 마. 그리고 내가 말했잖아, 너는 내 거라고."

"무슨 소린지 모르겠네. 바보지만 나도 알아. 나는 내 거야."

"응, 너는 니 거이기도 해. 그리고 내 거야."

"그게 공유야? 나를 너와 내가 함께 갖는 게?"

"맞아. 바로 그거야. 그걸 잊으면 안 돼."

"그런데 나를 또 그 아줌마들과 공유하는 거라고?"

"그건 생각해본다고 했어. 아줌마들이 나를 도와주면 너를 공유하는 걸 긍정적으로 생각해보겠다고."

"그게 너한테 기쁜 일이구나."

"맞아. 네가 나를 도와주는 게 가장 중요하고, 그 아줌마들도 도와준다면 더 좋지."

"수정구슬을 깨뜨리는 일?"

"응."

"난 못해. 나는 이 묘지를 벗어난 게 언제인지 몰라. 초등학교 마치고 한 번도 멀리 나간 적이 없어. 그 이후 가장 멀리 간 게 교회 앞 광장까지 장 보러 간 거야."

"말도 안 돼. 묘지를 벗어나는 게 무서워서 못 도와준다고? 겁이 많은 건 알지만…… 그래도 그렇지, 그게 무서워서 못 도와준다는 게 말이 돼? 그러지 말고 좀 도와줘."

"그건…… 네가 아직 나를 몰라서 그래. 나도 널 돕고는 싶지만, 내가 할 수 있는 일이 아니야. 정말 미안해, 내가 바보라서 미안해."

그때 문 두드리는 소리가 났다. 한나가 문을 노려보았다. 피터가 일어나 문을 열었다. 문밖 가득 여자들이 모여 있었다. 피터는 깜짝 놀라 뒤로 물러섰다.

"피터가 겁이 많다고 했잖아, 이 아줌마들아!" 한나가 소리 질렀다.

"어린애가 어디서 반말이니? 우아하지 못하게." 여인들 중 하나가 쏘아붙였다.

"그럼, 우리 마을은 우아한 주민만 받는 곳이야. 애야, 어른에겐 존댓말하렴." 다른 여인이 말했다.

"다 같은 유령들끼리 존댓말은 무슨." 한나가 차갑게 말했다.

"유령이니까 더욱 그래야지. 막돼먹은 인간들처럼 굴면 못써요."

"됐어. 반말해도 돼. 지금 중요한 건 존댓말이 아니니까. 우리 좀 들어가도 될까요, 피터?" 하얀 블라우스에 까만 오버코트를 입고 하얀 스카프를 두른 금발머리 여인이 말했다. 여인은 오십대 초반쯤으로 보였다. "반가워요, 피터. 저는 크리스틴이라고 해요. 아까는 실례가 많았어요." 여인은 우아한 미소를 띠고 우아한 말투로 말했다.

피터는 절로 여인에게 고개를 숙였다. 왠지 그래야 할 것 같았다. 여인은 피터를 가볍게 포옹하고 볼키스를 했다. 그 다음 여인이 다가와 자기 이름을 알려주고 볼키스를 했다. 그리고 그다음 여인이, 그리고 또 그다음 여인이. 또 그다음 여인이……

"밤새 그러고 있을 거예요?! 들어올 거면 빨리 들어와요." 한나가 소리쳤다.

"그래, 그래. 어서 들어가자."

여인들이 우르르 몰려 들어왔다. 어떤 여인은 그 와중에도 멍하니 서 있는 피터를 안고 볼키스를 나누고 들어갔다. 그 많은 여인이 이 좁은 곳에 모두 들어올 수 있다는 것이 믿기지 않았다. 둘러보니 소파 위에 걸터앉은 여인, 창가에 올라앉은 여인, 천장에 붙어 있는 여인, 책상 위에 올라앉은 여인과 그 여인의 어깨 위에 올라앉은 여인…… 피터는 놀란 입을 다물지 못했다.

"내가 피터와 먼저 얘기하고 알려준댔잖아요." 한나가 말했다.

"알아, 알지. 그런데 밖에서 듣자니 진행이 좀 느린 거 같아서." 가장 먼저 들어온 크리스틴이 한나의 곁에 앉아서 낮은 목소리로 말했다. 여인의 말에는 거부할 수 없는 어떤 힘이 담겨 있었다. 한나도 입을 다물었다. 여인은 미소 지으며 피터를 바라보았다. "피터의 말씀, 들었어요. 이 마을을 벗어난 적이 언제인지 모른다는 말. 그걸 우리가 도와줄 수 있어요."

"어, 어떻게요?"

"우리와 함께 가면 어떨까요? 살아 있는 다른 사람의 눈에는 보이지 않지만 피터의 눈에는 우리가 보이잖아요. 우리와 함께 간다면, 피터도 마음이 좀 놓이지 않을까요?"

"그, 그런데요. 이렇게 많은 분이 한나를 도와준다면 제가 없어도 되지 않을까요?"

"그럴 수 있다면 얼마나 좋겠어요. 하지만 우린 유령이랍니다. 물리적인 힘을 사용하는 데 한계가 있어요."

피터는 한나를 바라보았다.

"한나는 문을 열고 나가던데요……"

"그 정도 능력도 한나를 비롯한 아주 소수의 유령만 갖고 있어요. 원념이 강한 유령들, 억울하고 원통해서 그게 뭉치고 뭉쳐 집중된 유령만 가진 능력이죠. 그래도 수정구슬을 들 수 있는 물리적 힘은 우리 모두의 힘을 다 합한다 해도 불가능해요."

피터는 말없이 한나만 바라보았다. 어떻게 해야 할지 알 수 없었다. 한나는 간절한 눈빛으로 피터를 바라보았다.

"날 도와줘. 수정구슬에서 벗어날 수 있게 해줘."

"그래요. 어린 한나가 너무 불쌍해요. 이 어린것을 항아리에 넣고 소금만 주었다니, 세상에 그런 나쁜 년이……" 자주색 원피스를 입고 창가에 앉은 여인이 흥분해서 말했다.

"에이미, 품위를 지켜줘요." 크리스틴이 말을 끊으며 말했다. 그러곤 다시 피터를 바라보았다. "있을 수 없는 일이잖아요. 유령은 물론이려니와 인간이 할 수 있는 행위가 아니죠. 우리가 인간의 삶에 관여하는 게 좋은 일은 분명 아니지만……"

"이건 유령의 일이기도 하잖아요. 한나는 유령이니까요."
천장에 달라붙은 젊은 여인이 말했다. 까만 머리와 까만 눈
동자, 아시아계 여자였다.

"링링, 입 다물고 좀 들어줄래." 곁에 달라붙어 있는 여인
이 말했다.

"링링의 말이 맞아요. 게다가 어린 유령을 가둬두고 장사
에 이용해먹는 인간을 우리가 벌할 수는 없지만 한나는 구
해야 해요. 피터의 도움을 부탁드립니다." 크리스틴이 피터
의 눈을 깊이 들여다보며 말했다.

피터는 저도 모르게 고개를 끄덕였다. 여인에게는 그런
힘이 있었다. 우아한 힘.

"피터, 정말 고마워요. 이렇게 젊은 청년이 우리 유령들
의 마음을 이해해주시다니요."

기다렸다는 듯이 여인들이 일제히 박수를 치고 환호성
을 올렸다. 크리스틴이 하얀 손을 가볍게 들었다. 이내 조
용해졌다.

"자, 피터. 이제 우리 구체적인 계획을 한나에게 들어보
기로 하죠." 크리스틴이 미소 지으며 말했다.

피터는 멍한 눈으로 고개를 끄덕였다. 여인의 미소를 접하면 멍한 상태가 되었다. 아무 생각도 들지 않았다.

마틴 형사는 고개를 저으며 수첩을 접어 내려놓았다.

"이제까지 하신 이야기도 그렇지만 오늘 이야기는 더더욱 믿기가 어렵군요. 아무래도 시간 낭비가 아닐까 하는 생각이 듭니다만……"

피터는 주름진 손으로 뒤통수를 긁적이며 마틴을 바라보았다.

"그렇게 생각한대도 할말은 없소. 나는 카타리나 사망 사건과 관련해서 내가 아는 이야기를 할 뿐이오. 그만할까요?" 피터는 일어나 와인을 꺼내왔다. "나는 한잔할 생각이오만, 한잔 안 하시겠소?"

"아닙니다. 아직 근무시간이라……"

늙은 손으로 코르크 마개를 힘겹게 따는 피터를 바라보던 마틴이 병을 가져다가 마개를 뽑고 피터의 잔에 따라주었다.

"고맙소. 이젠 와인 하나 따는 데도 온 힘을 다해야 한다오. 많이 늙었지요." 피터는 와인을 마시며 쓸쓸하게 웃었다. "세월이 많이 흘렀다오."

마틴은 볼펜을 다시 잡고 피터를 바라보았다.

"기왕 왔으니, 오늘은 말씀을 마저 듣겠습니다. 혹 제가 드린 말씀에 마음 상하셨다면 사과드립니다."

"아니오, 아니오." 피터는 손사래를 쳤다. "사과할 일이 아니오. 이 이야기를 듣고 믿을 사람이 있다면 아마도 마틴 형사뿐일 거요. 나는 왠지 그런 생각이 든다오."

"하하, 그건 모르겠습니다. 저는 아직 믿을 수가 없습니다. 어쨌거나 말씀해주십시오. 그래서 어떻게 되었나요?" 마틴이 헛웃음을 지으며 고개를 내저었다.

"다음날 한나를 구하러 가기로 했지요. 그게 그해 십이월 이십팔일이었을 거요."

피터는 마틴의 시큰둥한 반응에 개의치 않고 천천히 말하기 시작했다.

낮게 내려앉은 먹장구름에 휩싸인 겨울 한낮의 도시는 음울했다. 눈이 내린다는 예보가 있었는지 우산을 들고 걷는 사람이 적지 않았다. 피터는 잔뜩 긴장한 채 크리스틴의 등만 바라보며 거리를 걸었다. 지난밤, 크리스틴은 자신을 포함해서 유령 다섯을 엄선했다. 유령의 시간이 아닌 인간의 시간에 인간의 영역을 침범하는 것이니 조심하고 신중해야 한다는 것이었다. 다섯 모두 죽은 지 10년 이상 된 여인들이었다. 피터 앞에 크리스틴이 서고, 피터의 좌우에 도나와 이블린이 서고, 피터의 뒤에 에이미와 나탈리가 섰다. 피터는 크리스틴이 곁에 서주기를 바랐지만 말하진 못했다. 그래도 오른쪽 옆에 선 도나가 피터에게서 눈을 떼지 않고 바라보며 다정한 미소를 짓고 있어서 마음이 좀 놓였다.

다행히 리즈의 가게는 묘지에서 멀지 않은 곳에 있었다. 20분쯤 걷자 이 도시에서 가장 번화한 장소인 솔 광장이 나타났고, 그 뒤편 골목으로 들어서자 여덟 명의 사람이 줄지어 서 있었다. 고풍스러운 금색 건물 일층에 수정요정이라는 작은 간판이 붙어 있었다. 크리스틴은 걸음을 멈추더니 주위를 둘러보고는 피터를 바라보았다.

"여기예요, 피터. 줄을 서세요. 우리가 곁에 있으니까 안

심해요."

"장사 잘되네. 이 줄이 언제 끝나나……?" 이블린이 긴 줄을 바라보며 걱정스레 말했다.

"연말이니까, 사람들이 신년 운세를 보러들 많이 왔나보네."

"용한 점집으로 좀 소문이 났겠어. 말 안 해도 마음속 고민을 족집게처럼 맞히는데."

"돈을 쓸어 담겠네. 이 건물도 샀다며?"

피터의 곁에서 여인들은 오층짜리 가게 건물을 바라보며 중얼거렸다. 크리스틴과 도나는 말없이 곁에 서서 피터를 바라보며 미소 짓고 있었다.

"저 오층에 리즈와 카타리나가 산다고?" 에이미가 오층을 손으로 가리키며 물었다.

"어제 한나가 그랬잖아. 이 건물을 사서 이사했다고." 나탈리가 대답했다.

음울한 하늘에서 눈이 내리기 시작했다. 소담스러운 눈송이가 하나둘 내리더니 이내 눈이 쏟아지기 시작했다. 줄 선 사람들 중 네댓 명이 내일 일찍 다시 오자며 돌아섰다.

줄이 급격히 줄어들었다. 사람들은 여인들을 보지 못하고 그들 사이를 아무렇지도 않게 지나갔다. 한 시간쯤 지나 가게 안으로 들어섰다. 그런데 그게 끝이 아니었다. 가게 안 작은 응접실에도 다섯 명이 대기표를 손에 들고 기다리고 있었다. 피터는 크리스틴이 이끄는 대로 카운터에 가서 접수하고 대기표를 받았다. 카운터에는 포니테일 머리를 한 청년이 앉아서 돈을 받고 이름을 묻고 대기표를 주었다. 응접실 안쪽으로 고풍스러운 문양의 목재 문이 보였다.

좁은 공간에서 사람들 속에 서 있자니 피터는 마음이 불편했다. 대기표를 들고 소파에 앉아 있는 사람들이 자기만 바라보는 것 같았다.

"저 방에 한나가 있어요. 우린 한나를 만나러 온 거예요. 한나는 피터 친구잖아요. 친구를 만나러 온 거니 즐거운 마음으로 기다려요." 크리스틴이 목재 문을 가리키며 말했다.

"커피 한잔하실래요?" 가게에서 일하는 젊은 여자가 다가와 물었다.

피터가 대답하지 못하고 우물거리자 크리스틴이 미소 띤 얼굴로 말했다.

"드세요. 우린 냄새 좀 맡을게요."

피터는 앤이라는 이름표를 왼쪽 가슴에 단 여자에게 고개를 끄덕였다.

앤이 커피를 가져다주었다. 여인들이 피터 주위로 다가왔다. 피터가 여인들에게 커피잔을 내밀며 말했다.

"드실래요?"

피터의 옆에 서 있던 늙은 남자가 손사래를 치며 말했다.

"고맙지만 나는 당뇨가 있어서……"

여인들이 웃음을 터트렸다.

"피터, 우리한테 말하면 안 돼요. 지금 여기서 우릴 볼 수 있는 사람은 피터뿐이란 거 잊지 말아요." 도나가 웃으며 말했다. "우린 냄새로도 충분하답니다."

그사이 방에서 사람이 나오고, 응접실의 사람이 들어가고, 가게 밖에서 기다리던 사람이 응접실로 들어섰다. 방에 들어간 사람들은 오래지 않아서 나왔다. 대부분 10여 분 만에 나왔고, 길어야 15분이었다. 피터는 멍한 눈길로 그들을 바라보았다. 10분 정도를 위해 돈을 지불하고 두세 시간을 기다리는 사람들, 그들은 무엇이 그렇게 궁금할까.

"이 정도면 애 하나 잡을 만하네."

에이미가 중얼거리다가 얼른 손으로 자기 입을 막았다.

"천박하기는…… 어떻게 그런 생각을 해요?"

나탈리가 에이미를 타박했다. 다른 여인들도 모두 에이미를 쏘아보았다.

"미안해요. 그런 생각을 한 게 아니고 리즈가 미워서 그만……" 에이미가 고개 숙여 사과했다.

그때 앤이 다가왔다.

"이제 우리 차례예요. 들어가요, 피터." 크리스틴이 말했다.

피터는 앤의 안내를 받아 방으로 다가갔다. 앤은 문을 열고 들어가 피터의 접수 서류를 방안의 여인에게 건넸다. 그러곤 피터에게 미소 띤 얼굴로 의자를 가리키며 앉으라고 말하고 나서 방을 나갔다.

방은 응접실보다 넓었다. 안쪽에 오래된 느낌의 커다란 거울이 걸려 있었고 양쪽 벽에 설치된 책장엔 고서적들이 있었는데, 책장의 한 칸은 크고 작은 수정구슬들이 줄지어 놓여 있었다. 방 한가운데에 두툼한 나무로 만든 원형 앤티크 탁자가 있었다. 그 탁자 위에 받침대가 있고 수박만한 크기의 투명한 수정구슬이 놓여 있었다. 높은 등받이의 검은색 회전의자에 앉은 여인이 미소를 지으며 피터를 맞았다.

"어서 와요, 피터. 저는 수정마법사 리즈예요. 편하게 앉아요."

검은 드레스 차림의 여인이 끈적한 목소리로 느릿하게 말했다. 갈색 올림머리에 창백한 피부, 짙은 눈썹 아래 청회색 눈동자에는 나른한 권태가 담겨 있었다. 도무지 나이를 짐작할 수 없는 얼굴이었다. 삼십대 같기도 하고, 사십대 같기도 하고, 오십대 같기도 했다. 피터는 여인에게서 눈을 떼지 못했다. 크리스틴과는 좀 다른 느낌이지만 여인은 우아하고 기이한 매력을 지니고 있었다. 리즈는 미소 지으며 하얀 팔을 뻗어 긴 손가락으로 수정구슬을 감쌌다.

"자, 피터, 저는 그만 보고, 여기 수정구슬을 들여다봐요. 여기 수정요정이 살고 있답니다." 리즈는 웃으며 말하고는 순간 미간을 좁히며 주위를 둘러보았다. "그런데 왜 방안에 여러 사람이 들어와 있는 거 같죠?"

탁자를 둘러싸고 수정구슬을 들여다보던 여인들이 놀라서 뒤로 물러섰다. 예상치 못했던 일이었다.

"흠…… 오랜만에 느끼는 기분이에요. 피터는 친구가 많나보군요."

"저, 저는 친구가 없는데요." 피터가 우물우물 말했다.

"아, 외로운 피터군요. 보이진 않지만 피터에겐 친구들이 많답니다. 저는 그 기운을 느낄 수 있어요. 그러니 외로워하지 않아도 될 거예요." 리즈는 다정하게 피터를 바라보았다. "자, 여기 수정구슬을 바라보고 마음속 고민을 얘기해줘요. 수정요정이 길을 알려줄 거예요."

"말, 말을 해야 해요?" 피터가 긴장한 목소리로 물었다.

"아뇨. 그저 집중해서 마음속 고민을 떠올리기만 하면 돼요. 말을 할 필요는 없답니다." 리즈의 어조에 짜증이 조금 묻어났다.

피터는 어제 한나가 당부한 말을 되새기며 수정구슬을 들여다보았다. 리즈가 한나의 말을 알아들으니까 절대 모르는 사이처럼 굴 거라고, 그러니까 이해하라고, 그리고 다른 사람의 눈에는 한나가 보이지 않으니까 한나가 보이는 내색을 하면 안 된다고 당부했다.

수정구슬 속에 한나가 있었다. 작은 모습이었지만 한나

가 분명했다. 피터는 한나를 멍하니 바라보았다. 한나가 피터를 바라보더니 냉담한 표정으로 고개를 돌리고 리즈에게 말했다.

"이 사람은 바보예요. 바보가 자잘한 고민이 많네요. 죽은 할아버지 걱정도 많고, 혼자 사는데 시장에 가는 일도 싫어서 걱정이고, 사람들 만나는 게 싫어서 고민이군요. 할아버지는 잘 지낸다고 얘기해줘요. 지금 혼자 살고 있지만 나중에 친구가 많이 생길 거예요. 큰일을 할 사람은 아니고, 어디 관리인 같은 소소한 직업을 갖고 있을 거 같아요. 아파트 관리인 같은."

리즈는 고개를 끄덕이고는 활짝 웃으며 피터를 바라보았다.

"피터는 좋은 운세를 타고났군요. 물론 유년 운은 확실히 좋지 않아요. 어린 시절이 힘들었을 거예요. 친구도 없이 외톨이로 지냈군요. 하지만 지금부터는 아주 많은 친구가 생길 거예요. 돌아가신 할아버지가 피터 주변에서 돕고 있어요. 그러니까 할아버지 걱정은 하지 않아도 돼요. 할아버지는……"

리즈가 뭐라고 더 얘기했지만 피터의 귀에는 하나도 들어오지 않았다. 리즈가 말을 끝내면 피터가 행동할 차례였다. 간밤에 몇 차례 연습한 대로 움직여야 했다. 피터는 그 생각에만 몰두해 있었다. 리즈가 말을 끝내자, 리즈의 뒤에 선 크리스틴이 피터를 바라보며 고개를 끄덕였다. 이제 행동해야 했다. 피터는 잔뜩 긴장한 표정으로 일어서서 리즈에게 고맙다고 이제 가겠다고 인사했다. 그러고는 정신을 잃고 탁자 위로 쓰러지는 체하며 두 손으로 수정구슬을 힘껏 밀었다.

"앗, 아아악!" 리즈가 비명을 내질렀다.

폭설이 내리고 있었다. 피터는 점퍼에 달린 모자를 내려 쓰고 몸을 덜덜 떨며 걸었다. 추위 때문만은 아니었다. 피터는 혼신의 힘으로 수정구슬을 밀었다. 리즈가 비명을 지르며 수정구슬을 잡으려 했지만 소용없었다. 받침대가 넘어지고 수정구슬은 탁자를 굴러 바닥으로 떨어졌다. 하지만 수정구슬은 깨지지 않았다. 두툼하고 푹신한 양탄자 위로 떨어진 수정구슬은 공처럼 통통 구르다가 거실 구석에

서 빙글 돌며 멈춰 섰다.

리즈의 비명을 듣고 앤이 달려 들어오고 뒤이어 카운터의 포니테일 청년이 달려왔다. 다른 직원 둘도 곧 나타났다.

"저놈 잡아. 저놈 잡앗!" 리즈는 직원들에게 소리치며 수정구슬을 향해 달려갔다. 몸을 던지듯이 달려들어 구슬을 품에 안은 리즈가 주저앉은 채 구슬을 찬찬히 살펴보았다. "괜찮니, 괜찮아? 놀랐지?" 리즈는 수정구슬을 내려다보며 중얼거렸다.

직원들이 피터를 양쪽에서 붙잡았다. 피터는 리즈가 안고 있는 수정구슬을 바라보았다. 리즈가 일어나 피터를 향해 다가왔다.

"이 바보 자식이!" 리즈는 손을 휘둘러 피터의 뺨을 때렸다. 두 손으로 연달아 피터의 뺨을 때리고도 화가 풀리지 않는지 탁자 위에 놓인 책을 들어 피터의 얼굴과 머리를 때렸다. 피터의 입과 코에서 피가 흘러나왔다. "너 누구야? 뭐하는 놈이야?!" 리즈가 소리쳤다.

응접실에서 대기하고 있던 사람들이 조금 열린 방문 틈으로 방안의 광경을 바라보며 웅성거렸다.

"문 닫아, 이 멍청이들아!"

리즈가 소리쳤다. 앤이 얼른 가서 문을 닫았다.

"경찰에 연락해. 이놈을 잡아 처넣어야겠어. 경찰에 연락해!"

리즈가 소리쳤고, 앤이 전화기를 들었다.

"그냥 내보내시죠. 이 친구, 피가 나는데요." 포니테일이 리즈에게 나직이 말했다. "다행히 우리 피해는 없고, 이 친구는 피가 나요."

그의 말에 리즈는 짜증스레 고개를 돌리고 손을 내저었다. 데리고 나가라는 뜻이었다.

"그런데 왜 그랬어요?" 포니테일이 티슈를 건네며 피터에게 물었다.

"잠시 정신을 잃었어요."

피터가 피를 닦으며 힘없이 말했다. 간밤에 한나와 크리스틴이 알려준 말이었다. 수정구슬을 깨뜨린 뒤에 말하라고 몇 차례 연습도 시켰다. 경찰에 붙잡혀가도 수정구슬 값을 보상해주면 큰 처벌은 받지 않을 거라고 했다.

피터는 고개를 숙이고 가게를 나왔다. 여인들은 피터를

위로하고 리즈를 욕하며 가게를 나섰다. 피터는 몸을 덜덜 떨었다.

"피터, 괜찮아요?" 도나가 걱정스레 물었다.

피터는 고개를 끄덕였다. 괜찮다고, 수정구슬이 깨지지 않아 어떡하느냐고 묻고 싶었지만 울음이 터져나올 것 같아 입을 떼지 못했다.

"피터, 잘했어요. 수정구슬이 그렇게 쉽게 깨질 리 없다는 걸 몰랐던 제 불찰이에요. 피터는 최선을 다했어요. 피터 잘못이 아니에요." 크리스틴이 피터의 어깨를 감싸안고 걸으며 말했다.

피터는 이를 악물고 떨리는 몸을 진정하려 했지만 소용없었다. 눈물이 날 것 같아서 모자를 푹 눌러썼다. 왜 자꾸 울음이 터져나오려 하는지 알 수 없었다.

그날 늦은 밤, 하얀 눈이 쌓인 묘지는 그림동화 속의 눈 덮인 작은 마을 같았다. 가족묘의 지붕도 묘비도 묘석도 하얀 눈을 잔뜩 이고 있었고, 사방팔방으로 뻗은 길과 길가의 벤치에도 눈이 소복하게 쌓였고, 묘지 뒤편의 부엉이숲은 온통 백색이었다. 폭설은 저녁 무렵부터 잦아들었고 이제는 조금씩 흩뿌리는 정도였다. 묘지관리실은 침울한 분위기에 휩싸여 있었다. 한나는 눈물을 흘렸고 빼곡하게 들어찬 여인들은 말없이 눈가를 훔쳤다. 한나의 곁에 앉아 한숨을 내쉬던 크리스틴이 이윽고 침묵을 깼다.

"다른 대책은 없을까?" 크리스틴이 한나를 바라보았다. "수정구슬을 깰 수 있는 다른 방법이……"

"밤에 찾아가서 들고 나오면 어떨까요? 들고 와서 대리석 묘비에 집어던지면 깨지겠죠." 링링이 말했다.

"건물에 들어가야 들고 나오든 말든 할 거 아냐." 에이미가 말했다.

"가게 열쇠는 누가 갖고 있지?" 나탈리가 물었다.

"리즈가 갖고 있겠지." 이블린이 말했다.

크리스틴은 심각한 얼굴로 여인들의 말을 듣고만 있었다. 한나가 눈물을 훔치고 피터를 바라보았다.

"나 때문에 피터가 맞은 게 가장 아파. 미안해, 정말 미안해. 내 생각만 했어."

피터는 통통 부어오른 얼굴을 깊이 숙였다.

"아니야. 내가 미안해. 더 힘껏 밀었더라면 깨졌을지도 모르는데……"

"아니에요. 그렇게 깨질 물건이 아니었어요. 게다가 바닥에 그렇게 두툼한 카펫을 깔아두었으니……" 크리스틴이 말했다.

"카펫 아래에 다른 것도 깔아둔 거 같아. 그 무거운 수정 구슬이 공처럼 통통 튀는 걸 보고 깜짝 놀랐어." 도나가 말했다.

"지 돈벌이가 걸려 있는 물건이니 얼마나 간수를 잘했겠어. 행여 떨어져서 깨질세라 뭐라도 깔아두었겠지." 에이미가 말했다.

여인들이 저마다 한마디씩 하자 크리스틴이 손을 들었다. 모두 입을 다물었다.

"열쇠를 손에 넣을 방법은 없을까? 그다음 문제는 그다음에 생각하더라도 말야. 열쇠는 리즈만 갖고 있니?" 크리스틴이 말했다.

"가게 열쇠는 리즈와 찰스가 하나씩 갖고 있어요. 다른 직원들은 갖고 있지 않아요."

"찰스가 누구야?"

"카운터 청년요."

"아, 그 포니테일……" 크리스틴이 가만히 생각에 잠겼다. "찰스를 우리 편으로 만들 방법은 없을까?"

"어려울 거예요. 찰스는 야심이 많은 사람이에요. 찰스는 리즈의 눈에 들어 자기가 가게를 물려받을 꿈도 갖고 있거든요. 머리도 좋은 편이에요."

"꿈도 야무지네. 리즈가 그 좋은 사업을 남한테 물려주겠어. 딸한테 물려주겠지." 에이미가 말했다.

"찰스는 바로 그 생각을 하고 있는 거죠. 카타리나가 머리가 별로라서 리즈가 걱정이 많아요."

"아, 리즈의 딸이라는 아이?"

"네, 카타리나는 엄마를 닮아서인지 욕심도 많고 질투도 많고 자기만 아는 성격에 머리는 별로예요. 남자친구가 생겨도 오래가지 못하죠. 길어야 한두 달이에요. 카타리나가 사귀던 친구와 헤어질 때마다 찰스를 찾는 거 같아요. 찰스한테 많이 의지해요."

"그걸 한나가 어떻게 그렇게 다 알아?"

마리엘이 물었다. 마리엘은 작은 체구의 젊은 라틴계 여자였다.

"엄마가 자리를 비울 때 카타리나가 나한테 와서 한참씩 들여다보거든. 카타리나는 나를 보지 못하고 내가 하는 말을 알아듣진 못해도 주술사의 피를 물려받아서 그런지 어떤 느낌은 있나봐."

"리즈가 주술사는 주술사인 거 같더라. 아까 우리 기운을 느낀다고 할 때 얼마나 놀랐는지……" 나탈리가 말했다.

"그럼 방법이 없는 거네." 에이미가 말했다.

모두들 다시 침울한 분위기에 빠져들었다. 피터는 일어나서 커피를 내렸다. 여인들에게 커피를 대접하고 싶었다. 커피향이 감돌자 여인들의 얼굴이 조금 펴지는 것 같았다. 피터는 여인들에게 커피를 돌렸다. 여인들은 한 모금씩 마시고 다른 여인에게 잔을 건넸다. 한나는 물을 달라고 청했다.

"여전히 그렇게 목이 마르니?" 링링이 물었다.

"응, 목이 말라. 그게 리즈가 나를 붙잡고 있는 무기야. 수정구슬에 갇혀 있더라도 리즈를 위해 일하고 싶지 않지만 갈증 때문에 어쩔 수 없어. 피터, 나 한 잔만 더 줘."

한나는 세 잔을 거푸 마시고, 피터도 물을 세 잔 마셨다.

"한나는 그렇다 치고 피터는 왜 그렇게 물을 많이 마셔?" 마리엘이 웃으며 물었다.

"피터는 그래. 다른 이의 고통을 자기 것으로 느껴. 그래서 내가 더 미안해. 내가 느끼는 고통을 피터가 그대로 느끼는 줄 알면서도…… 나는 그걸 이용하고 있는 거야. 피터한테 미안해."

"아, 아닌데. 나, 나는 한나의 고통을…… 짐작도 못해." 피터가 천천히 말했다. "미안한 건 나야. 나는 한나를 만나고, 한나의 이야기를 듣고, 내가 얼마나 행복한 사람인지 알았어. 한나의 고통으로……"

한나가 울음을 터뜨렸다. 여섯 살 아이의 울음소리는 모두를 슬프게 했다. 여섯 살 어린 딸을 두고 죽었다는 도나는 한나 앞에 무릎을 꿇고 엎드려 흐느꼈다. 여인들이 하나둘 고개를 돌리고 훌쩍였다. 죽어서도 지상을 떠나지 못한 존재들, 깊은 무언가를 하나씩 안고 있는 여인들이었다. 크리스틴은 한나를 안고 고개 숙인 채 조용히 울음을 삼키고 있었다.

깊디깊은 유령의 시간, 유령의 마을에 눈이 내리고 있었다.

창밖의 푸른 하늘과 하얀 구름을 바라보며 늙은 피터는 회상에 잠겼다. 오래전 일이다. 35년 세월이 흘렀고, 청춘이었던 그도 이제 깊게 주름진 얼굴에 백발이 성성한 늙은이가 되었다. 그는 나이에 비해 10년은 더 늙어 보였는데, 마거릿의 말로는 유령들과 기운을 나눈 탓이라고 했다. 마틴 브레스트 형사는 고개를 숙이고 무언가를 메모하다가 돌연한 침묵에 고개를 들고 피터를 바라보았다.

"하루 방문 조사로 끝날 줄 알았던 일인데, 이야기가 끝이 없군요. 그것도 유령들이 난무하는 황당한 이야기들이 말이죠. 오늘로 벌써 사흘째입니다. 카타리나 사망 사건에 대한 이야기가 언제 나올지 모르겠네요." 마틴이 짜증스레 말했다.

피터는 마틴의 말을 들으며 고개를 연신 주억거렸다.

"어제도 얘기했지만, 내가 말하는 요령이 없어서 그럴 거요. 오래전 일이라 나도 이렇게 말하지 않으면, 기억이 이어지지 않는다오. 게다가 쉽게 정리해서 말할 수 없는 부분이 있기도 하고……"

"오래전 사건이라 공소시효도 지난 지 오래고, 범인을 잡을 수 있으리라는 기대는 하지 않았지만 그래도 미제 사건 파일의 뒷부분을 채울 무언가가 있지 않을까 생각했습니다만……" 마틴이 허탈하게 쓴웃음을 지었다. "그런데 이게 사건 정리에 도움이 될지 모르겠습니다."

"그건 내가 알 수 없는 일이오. 사건 정리가 무언지도 나는 모른다오." 피터는 와인 잔을 들어 한 모금 마셨다.

"피터도 아시겠지만, 카타리나 사망 사건은 워낙 미스터리한 사건이라서 말이죠. 사실……"

마틴의 말이 웅웅거리며 들려왔다. 현기증이 일었다. 피터는 몸을 뒤로 젖히며 눈을 감고 낮은 목소리로 중얼거렸다.

"오늘은 좀 지치는군요. 좀 쉬고 싶습니다만……"

"알겠습니다. 이만 가겠습니다." 마틴은 일어서며 차갑게 말했다. "그동안 귀찮게 해드려 죄송합니다. 다시 찾아뵙지 않아도 될 것 같습니다. 안녕히 계십시오."

"그러시오, 그러시오." 피터는 중얼거리며 고개를 끄덕였다.

문이 열리고 닫혔다. 마틴이 갔다. 피터는 다시 눈을 감았다. 무리도 아니지. 아직 젊은 친구에게 이해를 바랄 수 없는 일이야. 그는 마틴을 생각하며 긴 숨을 내쉬었다.

넷째 날

캣레이디라면
혹 모를까

다음날 오후 세시, 관리실 앞에 서서 주위를 둘러보던 피터는 천천히 걸어오고 있는 마틴을 보고는 혼자 중얼거렸다.

"안 오면 어쩌나 했다오, 마틴."

피터는 관리실에 들어가 오전에 사둔 사과를 깎았다. 마틴이 들어서자, 피터는 짐짓 말했다.

"오지 않을 줄 알았소."

"피터가 기다리고 계실 거 같아 왔습니다." 식탁에 앉으며 마틴이 웃었다.

"내가 왜 기다리겠소. 형사를 반기는 사람도 있답디까?"

"그럼요. 세상에 범죄자만 있는 건 아니거든요. 범죄가 있으면 피해자가 있게 마련이죠."

"그렇군요. 형사를 반기는 이도 있겠군요." 피터는 고개를 끄덕였다.

"피터, 오늘은 따뜻한 커피 한잔 마실 수 있을까요?"

"그럽시다. 커피도 청하고, 오늘은 마틴이 많이 부드러워진 거 같소."

"사실은 어제 여인들이 커피를 마시는 대목에서부터 커피 생각이 간절했거든요." 마틴이 웃으며 말했다.

"그럼 어제 말하지 그랬소."

피터는 사과를 식탁에 올려두고 커피를 내려 마틴에게 건넸다.

"어제는 투덜대서 죄송합니다." 커피를 마시며 마틴이 말했다. "카타리나 사망 사건은 경찰 수사가 철저히 실패한 사례 중의 하나로 오래 회자되는 사건입니다. 자연재해로 인한 사망도 아니고 분명히 자살도 아니니 살해당한 것이 확실한데, 범인의 윤곽은커녕 살해 도구도 살해 방법도 추정조차 못한 사건이니까요. 경찰로서는 부끄러운 사건이죠. 살인 사건이 분명한데도 사망 사건으로 분류해둔 것 자체가 경찰의 자기기만입니다. 사건 기록을 읽으면서 경찰에 몸담은 사람으로서 낯이 뜨거워지지 않을 수 없더군요. 미제 사건이라기보다는 아예 수사 자체가 이루어지지 않은 사건이라고 해야 맞을 정도이니."

피터는 가만히 듣고만 있다가 사과 접시를 마틴에게 밀며 말했다.

"사과도 한쪽 맛보시오. 향이 좋더이다."

피터의 말에 마틴은 사과 한쪽을 손에 들고 말을 이었다.

"이상한 점이 하나둘이 아니지만, 사건 기록에 묘지관리인의 이름은 있는데 그의 진술이나 신문조서가 하나도 없다는 점도 이해되지 않았어요. 그래서 피터를 찾아왔습니다. 사건을 다시 살펴보자면 그게 순서라고 생각했지요."

피터는 고개를 끄덕이며 와인을 한 모금 마셨다.

"마틴은 모르겠지만, 당시 나는 이 도시 사람들은 다 아는 유명한 바보여서 경찰이 따로 찾거나 부르지 않았다오. 이곳 관리실을 찾은 경찰이 그저 지나가듯이, 수상한 사람을 보거나 이상한 일이 없었느냐고 물어본 게 다였지요."

피터는 천천히 말했다. "지금이라고 다르지 않지요. 나는 여전히 바보 피터라오. 그런 내가 마틴에게 무슨 도움이 될지 모르겠소."

마틴은 살피듯이 피터를 바라보았다. 그러고는 미소를 머금고 고개를 저었다.

"제 눈에는 전혀 바보로 보이지 않습니다. 무언가 다른 분이라는 생각은 첫날부터 했습니다다만……" 마틴이 깜빡했다는 듯이 손에 들고 있던 사과 한쪽을 입에 넣고 우물거리며 말을 이었다. "어쨌거나 저는 마음 편하게 먹고 피터의 말씀을 듣기로 작정했습니다. 도움이 될지 안 될지는, 일단 생각하지 않기로 했습니다."

피터는 고개를 끄덕이고는 와인을 한 모금 마셨다.

"그렇게 마음먹었다니…… 이야기를 시작할까요?" 피터는 창을 한번 바라보고는 천천히 말하기 시작했다. "그해 이십구일일 거요. 내겐 잊을 수 없는 날이지요."

아침 늦게 일어난 피터는 눈을 치우느라 여념이 없었다. 우선 길에 쌓인 눈만 치우기로 했다. 묘석의 눈까지 치우기엔 아무래도 무리였다. 연말이라 방문객이 많지 않은 게 다행이었다. 노숙자 몇이 찾아와 벤치에 쌓인 눈을 치우고 앉아 해바라기를 하고 있었다.

"피터, 오늘은 늦잠 잤나봐. 간밤에 한잔한 거야?"

공원묘지에 자주 찾아오는 릴리였다. 그녀는 커다란 개를 늘 데리고 다니는 약쟁이였다. 빨갛게 염색한 커트머리에 팔과 목에 붉고 푸른 꽃문양 타투를 하고 코와 눈썹과 입술에는 피어싱을, 귀에는 늘 커다란 링 귀걸이를 하고 있었다. 화사한 붉은색 계열의 반팔 티셔츠에 하얀 패딩을 걸치고 다녔고, 사철 내내 흰색 운동화에 찢어진 청바지 차림이었다. 얼핏 보면 십대 후반이나 이십대 초반으로 보이는데, 창백한 얼굴에 난 주름이며 깊게 쌍꺼풀진 눈에 담긴 표정을 보면 삼십대로 보이기도 했다. 봄부터 여름을 지나 가을까지 네댓 명의 약쟁이와 함께 어울려 다니는 릴리는 겨울에는 늘 혼자였다.

"약쟁이들은 추위를 많이 타거든. 약기운이 떨어질 때 뼛속까지 한기를 느끼지. 온몸을 덜덜 떨잖아. 쟤가 커다란 개를 데리고 다니는 것도 약기운 떨어질 때 껴안고 있으려는 거야. 다른 약쟁이들은 겨울에 어디 변두리 허름한 방을 얻어서 집단 기숙하며 처박혀 지내는데, 쟤는 특이하네." 예전에 켄트가 릴리를 턱으로 가리키며 했던 말이 떠올랐다. "한 스물두어 살이나 됐으려나, 약을 해서 애가 얼굴이 삭은 거지."

지난봄에는 릴리가 두 명의 남자와 관리실 벽에 기대앉아 청바지의 찢어진 틈 사이로 허연 허벅지 안쪽에 주사를 놓고 있는 걸 보았다.

"그거 약이지?" 피터가 물끄러미 바라보다가 물었다.

"이거? 좋은 물이지. 너도 하나 할래?" 릴리가 주사기를 들어 보이며 싱긋 웃었다.

"근데 왜 허벅지에 놔? 팔뚝에 놓는 거 아냐?" 릴리의 곁에 앉아 팔에 주사를 놓는 두 남자를 눈으로 가리키며 피터가 물었다.

"팔에 주사 자국 생기면 보기 흉하잖아. 내 허벅지 안쪽을 들여다보는 사람은 나밖에 없으니까. 아, 이제 피터가 봐버렸네. 헤헤."

릴리는 피터를 보면 늘 웃으며 인사했다. 예쁘고 성격도 좋은 릴리가 왜 약쟁이가 되었는지 모를 일이었다. 하긴 성격이 좋으니까 그만큼 괴로움이 더 많은지도 모른다. 켄트가 예전에 씹어뱉듯이 말한 대로, 인간이란 본래 그렇게 우아한 존재가 아닌지도 모른다. 누구나 약점이 있고, 숨기고 싶은 비밀이 있고, 잊고 싶은 부끄러움이 있다. 릴리는 그걸 약으로 지우고 싶은 건지도.

"내가 좀 도와줄까?"

피터가 끌고 온 포터에서 제설용 삽을 집어들자, 릴리가 벤치에서 일어나 피터의 빗자루를 잡으며 말했다.

"아니, 괜찮은데……"

피터가 말했지만 릴리는 빗자루를 내려놓지 않았다.

피터가 앞에서 삽으로 눈을 걷어내 길가로 던지면 릴리가 남은 눈을 빗자루로 쓸었다. 얼마간 그렇게 하더니 릴리는 빗자루를 포터에 내려놓았다.

"아아, 힘들다. 이걸 피터 혼자 어떻게 다 치워, 이 많은 눈을." 릴리는 벤치에 털썩 주저앉았다. "이거 시청 청소과에서 해야 하는 일 아냐. 내가 시청에 전화해줄까?"

"아니야. 혼자 할 수 있어. 추우면 관리실에 가서 몸 좀 녹여. 따뜻한 차라도 한잔 마시든가."

"아, 진짜? 그래도 돼?" 릴리가 반색했다. "아, 안 되겠다. 켄트 데리고 관리실에 들어가면 안 되지?"

"켄트? 켄트가 어딨어?" 피터가 깜짝 놀라 물었다.

릴리가 눈으로 개를 가리키고는, 불쾌한 기억이 막 떠올랐다는 듯이 눈살을 찌푸리며 말했다.

"아, 그 개자식 켄트? 그 개자식은 이 도시 떠났을걸. 크리스마스이브에 어디서 잔뜩 취해가지고 쉼터에서 여자들한테 집적대다가 쫓겨났어. 크리스마스에는 차마 쫓아낼 수가 없어서 다음날 아침 바로 쫓겨났다지 아마."

피터는 크리스마스 다음날 켄트가 이곳에 왔고 그 이후 벌어진 일을 이야기하지 않았다. 말해봐야 믿을 것 같지 않았고, 켄트 이야기는 말하고 싶지 않은 기억이었다. 릴리가 말을 이었다.

"그 개자식이 나한테도 집적거려서 재수없어서 얘 이름을 바꿔주려고 했는데, 얘가 다른 이름을 부르면 멀뚱멀뚱하기만 해서."

"개 이름이 켄트구나."

개는 켄트라는 말이 나올 때마다 저를 부르는 줄 알고 꼬리를 흔들며 릴리의 품에 뛰어들었다.

"켄트 데려가도 돼. 침실만 안 들어가면 괜찮아." 피터가 말했다.

"진짜? 나 관리실에 간다? 가서 차도 마시고 술도 있으면 마신다?"

"그래, 그래도 돼." 피터는 바지 주머니에서 열쇠를 꺼내 주었다. "돌아갈 거면 문 잠그고 열쇠는 창문 너머로 던져놔줘."

"그럼 피터는 어떻게 들어가?"

"나한테 열쇠 하나 더 있어." 피터는 점퍼 안주머니를 가리켰다.

눈을 다 치우지는 못했지만 사람들이 다니는 길을 만드는 데만도 시간이 많이 걸렸다. 그새 서쪽 하늘에 붉은 노을이 지고 있었다. 붉은 노을 아래 눈 덮인 숲을 바라보며 피터는 관리실로 돌아왔다.

릴리는 돌아가지 않았다. 소파에서 켄트를 껴안고 자고 있었다. 입을 벌리고 자는 릴리의 입가에 흘러내린 침이 하

얇게 말라붙어 있었다. 식탁에는 샌드위치가 차려져 있고
메모지가 놓여 있었다.

'따뜻하게 잘 쉬고 감. 오랜만에 맛있는 차도 마심. 점심
도 못 먹고 눈 치우느라 시장할 거 같아 냉장고를 뒤져 간
단히 만들어봤음. 맛없어도 맛있게 먹길. 켄트(그 개자식
켄트가 아님)와 릴리가.'

릴리가 잠든 소파 아래 보드카 병이 나뒹굴고 있었다. 할
아버지가 마시던 독한 보드카였다. 마실 사람이 없어 오랫
동안 남아 있던 것을 릴리가 마신 것이다. 아마도 샌드위치
를 차려두고 가려다가 보드카를 발견했고, 약과 독주에 취
해 잠이 든 것 같았다. 피터는 식탁에 앉아 샌드위치를 먹
었다. 맛있다고 할 순 없어도 그럭저럭 먹을 만했다. 개가
눈을 뜨고 입맛을 다시며 피터를 바라보다가 그가 샌드위
치를 다 먹고 나자 끄응 신음을 내뱉고는 다시 릴리의 품을
파고들었다. 장에 가면 개 사료도 사둬야겠다고 피터는 생
각했다. 차를 한잔 마시고 릴리를 물끄러미 내려다보다가
침실에 들었다. 유령의 시간을 위해 좀 자둬야 했다.

침실 문을 두드리는 소리와 개 짖는 소리에 잠이 깼다. 피터는 옷을 입으며 시계를 보았다. 새벽 한시, 유령의 시간으로는 이른 시각이었다. 침실 문을 열고 나가자 여인들이 관리실을 가득 메우고 있었다.

"앤 누구야?" 한나가 릴리를 바라보며 말했다.

릴리가 졸린 눈을 비비며 켄트를 다독이고 있었고, 개는 여인들을 향해 짖다가 피터를 바라보고는 멈췄다.

"와우, 지금 몇 시야? 잠들어버렸네. 피터 미안, 나 이제 갈게." 릴리가 소파에서 일어섰다. "근데 켄트가 이상하네. 잘 안 짖는 아인데."

"앤 누구냐고?" 한나가 다시 물었다.

"응, 여기 공원묘지에 자주 오는 노숙자 친구야……"

피터가 말하다가 입을 다물었다. 릴리가 피터를 바라보고 있었다.

"누구한테 말하는 거야?" 릴리가 이상하다는 듯이 물었다.

"아, 아냐. 혼잣말이야." 피터는 얼른 둘러댔다.

"혼잣말이 아닌데, 여기 나 말고 누가 또 있어?" 릴리가 옷을 추스르며 웃었다. "유령이라도 있는 거야?"

"어? 유, 유령은 무슨⋯⋯" 피터가 버벅대자 크리스틴이 피터에게 손을 들었다.

"유령이 있다고 말해요, 피터."

여인들이 웅성거렸다. 유령이 있다고 말하라니 무슨 소리냐는 여인, 빨리 내보내고 회의하자는 여인, 귀엽게 생겼다며 개를 쓰다듬는 여인.

"이 사람의 도움을 받을 수 있겠다는 생각이 들어요. 지금 우리는 한나를 구하기 위해 여기 모였어요. 도움을 청할 수 있는 사람이 있다면 그렇게 해야 해요. 이 사람은 노숙자고 지금 혼자예요. 어쩌면 우릴 도울 수 있는 좋은 조건을 갖고 있다고 볼 수 있어요."

"그러게. 저 인간이 유령을 봤다고 나가서 떠들어봐야 누가 믿겠어. 딱 봐도 노숙자에 약쟁이네." 에이미가 말했다.

"얼굴은 나름 반반한데. 생긴 게 아깝네." 마리엘이 말했다.

그러는 사이 릴리는 옷을 추스르고 작은 륙색을 메고 개를 끌고 문으로 향하고 있었다. 개는 여인들을 바라보며 주춤거렸지만 여인들이 보이지 않는 릴리는 걸음에 거침이 없었다.

"한나, 네 생각은 어떠니? 아까 말한 대로 찰스의 집은 우리가 오늘 파악해뒀고, 가게 열쇠를 어떻게든 손에 넣어야해. 저 인간의 도움이 필요할지 몰라."

그날 저녁 크리스틴과 도나와 링링이 리즈의 가게 앞에서 기다렸다가 찰스의 뒤를 밟았다고 했다. 찰스의 집을 파악해둘 목적이었다. 저녁 일곱시쯤 가게 문을 잠그고 퇴근한 찰스는 친구들을 만나 저녁을 먹고 카페에 들러 술을 마시며 놀다가 밤 열한시에야 귀가했다. 집은 리즈의 가게에서 걸어서 10여 분 정도 떨어진 카페 골목에 있었다. 수많은 카페가 밀집해 있는 골목이었다. 크리스틴 일행은 찰스를 따라 집에 들어가 집의 구조도 살펴보았다. 침실 하나에 작은 거실이 있고, 거실 앞에 손바닥만한 테라스도 있었다. 작은 주방과 욕실도 거실에 딸려 있었다. 침실엔 작은 붙박이장 하나밖에 없었다.

찰스의 집은 파악해두었으나 이제 어떻게 해야 할진 모르는 상황이었다.

크리스틴의 말에, 한나는 피터를 바라보았다.

"그래도 될까? 믿을 수 있는 사람이야?"

"나도 잘은 모르는 사람이야. 내가 보기엔 좋은 사람이지만……"

릴리가 문 앞에서 돌아보았다.

"뭐라고? 나한테 한 말이야?" 릴리가 생각났다는 듯이 말을 이었다. "참, 보드카 남은 게 있길래 내가 비웠어. 나중에 한 병 사다 줄까?"

"아, 아니야. 나는 보드카 안 마셔. 할아버지가 마시던 거야."

"근데 침실에 누가 있는 거야? 자꾸 누구한테 말하는 거같네. 잘 자, 나는 갈게."

릴리가 문을 열고 나섰다. 찬바람이 훅 들어왔다.

"혹 피터에게 피해를 주는 일이 되지 않을까?" 한나가 물었다.

"나는 괜찮아. 니가 괜찮다면 릴리한테 부탁해볼게."

피터는 우물우물 말했다. 릴리에게 피해가 가는 일은 아닐까 싶어 걱정되긴 했지만, 그건 어쩌면 릴리가 판단할 일인지도 몰랐다.

"그럼 부탁해줘. 우리와 잠시 얘기를 나누게 해줘." 한나가 말했다.

피터는 여인들을 헤치고 문을 열고 나갔다. 릴리가 하얀 달빛 아래 걸어가고 있었다. 하얗게 쌓인 눈이 달빛을 받아 은은하게 반짝였다. 추운 날씨에 릴리는 팔짱을 깊게 끼고 고개를 한껏 숙인 채 턱을 패딩에 묻고 걷다가 피터의 부름에 돌아섰다.

"잠깐 얘기 좀 하고 싶어서……" 뭐라고 말해야 좋을지 몰라 피터가 우물거렸다.

"진짜? 아, 좋아. 사실 이 시간에 어딜 가나 걱정했거든. 잠깐이 아니고 오래였으면 좋겠네. 헤헤."

릴리는 더 묻지 않고 앞장서서 총총걸음으로 관리실로 향했다. 개가 주춤주춤 릴리의 뒤를 따랐다.

관리실에 돌아온 릴리는 피터가 건넨 따듯한 차를 두 손으로 감싸들고 마시며 연신 오른다리를 떨었다.

"약기운이 떨어져가나보네." 에이미가 말했다.

"그걸 어떻게 알아? 에이미도 약쟁이였나?" 이블린이 말했다.

"그걸 꼭 해봐야 알아. 애가 불안정하잖아. 교양 없이 다리 탈탈 떠는 것 봐라. 쯧쯧."

피터는 커피를 내려 마시며 크리스틴을 바라보았다. 이제 어떻게 해야 할지 피터는 알 수 없었다. 크리스틴은 피터에게 자기 말을 릴리에게 전해달라고 했다. 피터는 고개를 끄덕였다.

"저기, 릴리. 놀라지 말고 들어줘. 여기 크리스틴이라는 분이 너한테 부탁할 게 있대." 피터가 우물우물 말하자, 릴리가 미간을 좁히며 주위를 둘러보았다.

"뭐라고? 아, 왜 그래, 무섭게. 여기 누가 있다고."

"아니, 진짠데…… 여기 있어. 바로 우리 앞에."

릴리는 피터에게 얼굴을 디밀고 피터의 눈을 들여다보다가 웃음을 터트렸다.

"진짜? 헤헤헤, 재밌어. 계속해도 좋아."

피터가 크리스틴을 바라보며 고개를 저었다. 아무래도 자기는 어떻게 해야 할지 알 수 없었다.

그때 한나가 물을 달라고 말했다. 피터가 물잔을 한나에게 건네고 물을 따라주었다.

"어? 이게 뭐야? 물잔이 허공에 떠 있네. 야, 이거 신기해. 어? 물을 부어도 떠 있네? 피터, 마술사야? 어, 물잔 기울어진다. 와, 물이 흐르잖아. 그것도 천천히. 야, 이거 대단한데. 내가 환각을 보는 건가? 맞지, 이거 환각이지? 이번 약이 아주 좋은가보네."

"환각 아닌데…… 진짠데……" 피터는 진지한 표정으로 말했다.

한나가 일어나 문가로 가서 천천히 문을 열었다.

"아, 추워. 문 열렸다." 릴리가 일어나 문으로 가려 하자 한나가 문을 천천히 닫았다.

"어, 저절로 닫히네. 바람이 닫은 거 맞지?"

"아닌데…… 한나가 열었다가 닫은 건데……" 피터가 우물거렸다.

"한나? 한나는 또 누구야? 한나도 유령이야?"

"어, 한나도 유령이야." 피터가 말했다.

"헤헤헤, 재밌어. 피터가 이렇게 재밌을 줄 몰랐어. 또 해줘."

릴리를 바라보며 여인들이 어처구니 없다는 표정으로 서로 마주보았다.

"뭐 저런 애가 다 있니?" 링링이 어이없다는 듯이 웃었다. "나 같으면 기절했겠다."

크리스틴이 고개를 흔들었다. 난감한 표정으로 여인들을 둘러보던 크리스틴이 말했다.

"인간들 앞에 모습을 드러낼 수 있는 유령은 없나? 애가 심각한 사차원이네."

"쟤 하는 걸 보니, 그래도 소용 없겠는데……" 이블린이 팔짱을 끼고 심각한 표정으로 릴리를 바라보았다. "캣레이디라면 혹 모를까……?"

이블린의 말에 여인들이 움찔했다. 모두들 침묵을 지키며 크리스틴을 바라보았다.

관리실 옆으로 경사면이 있고, 경사면 아래 작은 광장이 있다. 광장 중앙에 커다란 날개를 활짝 펼치고 고개 숙인 채 품에 안은 어린 주검을 내려다보며 슬퍼하는 천사상이 서 있다. 애도의 천사상, 피터가 어린 시절부터 바라봐온 천사였다. 어렸을 때는 천사와 가끔 대화를 하기도 해서 할아버지가 재밌어하기도 하고 때로 걱정하기도 했다. 그 애도

의 천사상에도 눈이 수북이 쌓여 바람이 불 때마다 눈가루
가 풀풀 날렸다.

눈 덮인 천사상 머리 위에 검은 고양이 한 마리가 올라앉
아 있었다. 곧추세운 긴 꼬리와 발등에만 희끗희끗한 털이
조금 섞여 있을 뿐 깡마른 몸이 온통 새까만 고양이 마거릿
은 파란 눈을 빛내며 관리실을 유심히 내려다보고 있었다.
마거릿은 요 며칠 유령마을이 한산한 게 이상했다. 유령의
시간, 유령마을에 유령들이 별로 보이지 않는다는 건 이상
한 일이었다. 더 이상한 건, 인간의 시간에 인간의 영역을
침범하면 안 된다고 늘 강조하던 크리스틴이 유령 몇을 데
리고 연이틀 인간의 시간에 인간의 도시를 다녀왔다는 것
이었다. 무언가가 분명히 있다고 마거릿은 생각했다. 자기
는 모르는 어떤 일이 유령마을에서 지금 벌어지고 있다. 그
건 기분 좋은 일이 아니었다. 게다가 크리스틴이 앞장서는
일이라면 더더욱.

마거릿은 한때 절친이었던 이블린을 찾아가서 물어볼까
하다가 그만두었다. 한때 유령마을의 지존이었던 마거릿
의 자존심이 허락지 않았다. 유령들은 매사 자기를 찾아와

서 도움을 청하고 의견을 묻고 시키는 대로 했었다. 13년 전 크리스틴이 유령마을에 오기 전까지는.

마거릿은 입가의 수염을 팽팽하게 당기고 두 귀를 뾰족 세우고는 관리실 안에서 벌어지는 일에 촉각을 곤두세웠다. 관리인 피터는 어릴 때부터 봐왔던 인간이고, 약쟁이 릴리 역시 여기 자주 찾아와서 얼굴은 아는 인간이었다. 하찮은 인간들 따위가 마거릿을 알아볼 리 없으니 그들은 마거릿을 모르겠지만, 마거릿은 그들을 잘 안다.

한나는 며칠 전부터 유령마을을 오가는 걸 보았지만 별 관심을 기울이지 않았다. 떠돌이 유령 중 하나라고만 여겼다. 그런데 오늘 보니, 유령마을에 이 이상한 사태를 몰고 온 주역이 한나였다. 마거릿은 창문 너머로 마주보이는 소파에 앉아 있는 한나를 눈여겨보았다. 무언가가 달랐다. 자세히 보니, 다른 유령들과 다른 점이 있었다. 어린 영인데도 전혀 어리게 느껴지지 않았다. 수많은 인간의 이야기가 한나에게 어려 있었다. 그건 다른 유령의 영에 새겨져 있는 이야기와는 달랐다. 영에는 생전에 체험한 일들이 새겨져 있어 읽을 수 있는데, 한나의 영을 감싸고 도는 수많은 이

121

야기는 흐릿하게 어려 있어 잘 읽히지 않았다. 제 것이 아
니라는 거지, 마거릿은 코웃음을 쳤다. 어린것이 아는 게 너
무 많아. 그거 심각한 병통이지. 그런데 그것만이 아니었다.
한나에게선 뾰쪽하게 날 선 섬광이 순간순간 번뜩였다. 그
게 무언지 알 수 없었다.

저게 뭐지, 저 뾰쪽한 섬광이? 이상하다는 생각으로 한나
를 살펴보던 마거릿이 움찔했다. 이블린이 캣레이디를 입
에 올린 순간이었다. 잘하면 이 일에 개입할 수 있겠다고
마거릿은 생각했다. 마거릿의 모든 감각은 유령들의 상상
을 넘어선다. 이 정도 거리에서 마거릿이 창문 너머의 소리
를 다 들을 수 있다는 건 유령들은 상상도 못할 터였다. 마
거릿은 곧추세운 두 귀를 쫑긋거리며 크리스틴의 반응에
몸을 기울였다. 쉿, 마거릿은 마침 근처 숲에서 날아와 우
는 부엉이에게 속삭였다. 부엉이가 천사상 날개에 내려앉
았다.

크리스틴은 잠시 고개를 숙이고 가볍게 주먹 쥔 손으로
이마를 톡톡 두드렸다. 난감한 일이 있을 때 보이는 버릇이

었다.

"캣레이디라……" 크리스틴은 이윽고 고개를 들고 이블린을 바라보았다. "마거릿이 인간과 소통할 수 있나요?"

"소통할 수 있어요. 몇 년 전에는 어떤 할머니랑 공원 벤치에 나란히 앉아 한참 이야기하는 걸 본 적도 있어요. 그러고 며칠 안 되어 그 할머니가 죽어서 이곳에 오더군요."

"그 할머니는 누구죠? 혹시 여기 유령마을에 계신 분인가요?"

"아뇨. 그분은 지상에 아무 미련이 없다며 영혼계로 가셨어요. 여기 안 계시죠." 이블린이 말했다. 그러고는 문득 무언가가 생각났다는 듯이 말을 이었다. "아, 여기 아는 분도 있을지 모르겠는데, 마거릿은 변신도 해요."

그 순간 창문 밖 천사상 머리에 올라앉은 마거릿이 온몸의 털을 부르르 떨었다. 저 미친…… 그걸 왜 얘기해? 마거릿은 머리를 흔들었다. 인간이든 유령이든 믿을 게 못 된다니까.

"변신요?" 크리스틴이 물었다. "무엇으로 변신하죠?"

"인간의 모습으로 변신하는데, 마거릿에게 내색은 안 했

123

지만……" 이블린은 말을 멈추고 망설였다.

"내색 안 했지만, 뭐?" 이블린의 곁에 앉은 나탈리가 물었다.

이블린은 무언가를 말하려다가 고개를 저었다.

"말 안 하는 게 좋겠어요. 나는 캣레이디가 무서워요."

"됐어요. 말 안 해도 돼요. 인간과 소통할 수 있다면 마거릿에게 도움을 청하죠." 크리스틴이 말했다.

여인들이 웅성거렸다.

"모두들 아시다시피 저는 마거릿을 경계해요. 우리 유령들을 가르치고 간섭하려 드는 고양이를 좋아하지 않아요. 하지만 지금은 한나를 구하는 게 가장 중요한 일이에요. 마거릿이 도우려 할지 모르겠지만요."

여인들이 고개를 끄덕였다. 한나는 간절한 표정으로 듣고 있었고, 릴리는 피터에게 연신 유령들이 어디 있느냐고 묻고 있었고, 피터는 한 손으로 잔뜩 긴장해 있는 개를 쓰다듬으며 커피를 마셨다.

마거릿은 득의의 미소를 지었다. 돌아가는 낌새를 보니 나를 찾아오겠군, 마거릿은 가볍게 점프해서 천사상에서 내려왔다. 부엉이가 울었다.

　이블린은 마거릿이 인간의 모습으로 변신한다고 말했지만 그건 사실이 아니다. 그게 마거릿의 본래 모습이니까. 마거릿은 오래된 유령이다. 그녀가 화형당해 죽은 건 마녀사냥의 광풍이 휩쓸던 1747년이니 적잖은 세월을 유령으로 지상을 떠돌았다. 마거릿은 한동안 화형의 고통에서 헤어나지 못했다. 산 채로 불태워진다는 건 감히 상상할 수 있는 고통이 아니다. 불이 무서웠고 빛도 무서웠다. 영혼계로 인도하는 빛을 회피한 것도 처음엔 그래서였다. 그녀는 인간들이 싫고 무서워서 한동안 홀로 어둠 속을 떠돌다가 독일의 검은 숲에서 마녀 유령을 만났다. 그녀는 마거릿보다 먼저 화형당해 죽은 마녀였다. 그녀는 고양이 몸속에 깃들어 있었다. 마거릿은 그녀에게서 죽음이 임박한 고양이의 몸에 스며드는 비법을 배우고 불에 대한 공포를 다스리는 법을 배웠다. 고양이로 지상을 떠도니 편한 점이 많았다. 고양이의 유연성과 감각을 가질 수 있다는 것도 좋았고, 필요할 때 인간들 사이에 자연스레 섞여들기도 좋았다. 마거릿이 이 유령마을에 온 것은 29년 전이었다. 유령들은 마거릿을 신비한 마법 고양이로 알고 캣레이디라고 불렀다. 마거릿은 그게 편했다. 이따금 고양이의 작은 몸속이 답답하게 여겨질 때는 몸을 벗어나기도 했는데, 이블린이 보는 앞에서 그랬던 것은 아무래도 실수였던 것 같다. 그런데 그걸 변신으로 알고 있다? 다행이라는 생각이 들었다. 변신이라, 그렇게 알고 있단 말이지? 그거 괜찮네. 앞으론 편하게 이 몸을 벗어나도 괜찮겠어. 마거릿은 코웃음을 쳤다.

마거릿을 찾아가 도움을 청할 사자로 뽑힌 것은 이블린과 나탈리였다. 나탈리는 싫다고 뻗댔지만 어쩔 수 없었다. 마거릿과 가장 친하게 지냈던 이블린의 최근 절친이 나탈리였으니까. 이블린과 나탈리는 루이스 켄탈의 가족묘로 향했다. 마거릿이 자기집으로 정하고 주로 지내는 그곳은 공원묘지의 거의 북쪽 끝단에 있었다. 그 가족묘 뒤로 부엉이숲이 이어지고 있어서 늘 나무 그늘이 지고 음울한 기운이 고여 있는 곳이었다. 마거릿이 그 가족묘를 자기집으로 정한 건 그래서인지 모른다. 이블린과 나탈리는 하얗게 눈

쌓인 묘지를 터벅터벅 걸었다. 마거릿에게 어떻게 도움을 청할지 고민이었다.

"캣레이디가 도와줄까?" 나탈리가 걱정스레 물었다.

"아마도…… 마거릿은 자신의 능력을 과시하고 싶어하니까. 하지만 크리스틴이 주도하는 일이라……" 이블린은 말꼬리를 흐렸다.

"아무튼 난 입 다물고 조용히 있을 테니까, 이블린이 잘 얘기하도록 해." 나탈리가 말했다.

마거릿의 집이 가까워질수록 나탈리의 걸음이 느려지며 자꾸 뒤로 처지자, 이블린이 나탈리의 손을 붙잡고 끌다시피 하며 걸었다.

"캣레이디가 무서운 건 나도 마찬가지거든." 이블린이 말했다.

달빛이 교교했다. 마거릿은 루이스 켄탈의 가족묘 묘석 위에 길게 엎드려 달을 바라보고 있었다. 이블린과 나탈리가 주춤주춤 다가가 인사했지만 마거릿은 고개도 돌리지 않았다. 아예 아무 소리도 들리지 않는다는 투였다. 어찌할 줄 몰라 한참을 마거릿 앞에 서 있는 이블린의 손을 잡아끌며 나탈리가 고개를 내저었다. 그냥 돌아가자는 뜻이었다. 나탈리에 이끌려 돌아서던 이블린이 결심했다는 듯이 다시 마거릿 앞에 섰다.

"마거릿, 마거릿이 도와줬으면 하는 일이 있어요. 마을 여인들이 관리실에 모여서 마거릿을 기다리고 있어요. 모두들 간절하게 마거릿의 도움을 바라고 있다고요." 이블린은 숨도 쉬지 않고 빠르게 말했다.

마거릿은 여전히 달을 바라보며 미동도 하지 않았다. 그러거나 말거나 이블린은 한나의 이야기를 하고 피터와 릴리라는 인간도 한나를 돕기로 했다고 말했다. 말을 마친 이블린은 잠시 서서 마거릿을 지켜보았다.

이윽고 마거릿이 꼬리를 들어 묘석의 하단부를 툭툭 쳤다. 그곳에는 묘비명인지 뭔지 모를 문구가 새겨져 있었다.

'오늘 일을 내게 묻지 마시게. 나는 어제의 존재이니. _루이스 켄탈'

마거릿의 꼬리 움직임에 이끌려 문구를 읽은 나탈리가 고개를 저으며 다시 이블린을 잡아끌었다.

"봤지? 묻지 말래잖아. 확실한 거절의 뜻이야. 그만 가자."

나탈리가 조심스레 소곤거렸다.

이블린은 하는 수 없이 돌아섰다. 몇 걸음 걷다가 뒤를 돌아보았지만 마거릿은 그 자세 그대로였다.

"하긴 우리 모두 어제의 존재들이지. 오늘 일에 연연하는 게 이상하긴 해." 이블린이 한숨을 내쉬었다.

힘없이 돌아온 이블린과 나탈리를 보고 여인들은 그럴 줄 알았다는 듯이 고개를 돌렸다. 한나와 크리스틴은 낙담한 표정으로 서로 얼굴을 바라보았다.

"어쩔 수 없죠. 이제 우리끼리 대책을 찾을 수밖에……" 크리스틴이 말하는데 문을 두드리는 소리가 났다.

"어머, 이 시간에 누구지? 찾아올 사람이 있어?" 릴리가 피터에게 물었다.

피터는 고개를 저으며 일어나서 문을 열었다. 아무도 없었다. 발치에 서 있는 까만 고양이 한 마리 말고는.

"어머, 고양이가 문을 두드렸나봐." 릴리가 웃으며 말했다.

켄트가 다가가 고양이에게 얼굴을 내밀고 냄새를 맡으려 하자, 고양이가 앞발을 들어 사납게 할퀴었다. 켄트는 끄응 신음을 흘리며 물러섰다.

"캣레이디야. 캣레이디가 왔어." 여인들이 웅성거렸다.

문을 닫으려던 피터가 머뭇거리자 고양이가 안으로 들어와 소파에 앉아 있는 릴리 앞에 서서 고개를 치켜들었다.

"와, 예쁜 고양이네. 너 참 기품 있게 생겼다." 릴리가 고양이를 바라보며 말했다.

"와주셔서 고마워요, 캣레이디."

크리스틴이 말하자 고양이가 고개를 한번 끄덕이고는 입을 크게 벌렸다. 고양이의 입에서 검은 안개가 스멀스멀 뿜어져나오기 시작했다. 검은 안개는 점점 인간의 형태를 갖추어갔다. 릴리가 눈을 크게 뜨고 두 손으로 얼굴을 가리며 비명을 질렀다.

"아, 아악! 이, 이게 뭐야?!"

이윽고 검은 드레스에 검은 머리를 길게 늘어뜨린 여인이 앞에 섰다. 손으로 얼굴을 가린 릴리는 소파에 엎드려 몸을 한껏 웅크렸다. 마거릿의 얼굴은 열에 녹은 밀랍 인형처럼 흘러내려 왼쪽 눈은 거의 하현을 그리고 있었고, 입꼬리와 턱살이 늘어져 보기 흉했다.

"얘가 릴리야?" 놀라서 눈을 크게 뜨고 바라보는 여인들을 돌아보며 마거릿이 냉담하게 물었다. 그러고는 크리스틴을 바라보았다. "내 눈엔 그렇게 심각한 사차원으로 보이진 않는데?"

한나는 미간을 좁히며 무언가 이상하다는 듯이 마거릿을 찬찬히 살펴보았다.

마거릿은 발밑에 축 늘어진 고양이를 품에 안고 의자에 앉으며 피터에게 말했다.

"피터, 우선 커피부터 한잔."

창밖에서 부엉이 울음소리가 들려왔다. 유령의 시간이 깊어가고 있었다. 피터가 내려준 커피를 받아들고 흐뭇하게 바라보던 마거릿이 커피잔을 향해 혀를 쏙 내밀었다가 놀라서 얼른 감추고는 당황해서 주위를 돌아보았다. 여인들이 큭큭 웃었다. 쯧, 고양이의 몸짓이 완전히 몸에 배었군, 마거릿은 속으로 혀를 차고는 우아하게 고개를 들고 커피를 마셨다. 릴리의 공포는 오래가지 않았다. 공포란 그런 것이다. 마주하기 전까지는 세상없이 무서운 공포도 막상 만나고 나면 견딜 만한 것이 되고, 그 시간이 길어지면 지루한 일상이 되는 법이다. 태어나고 자라고 늙고 병들고 죽는 인간의 공포스러운 한 생도 결국 일상일 뿐이니까.

릴리는 마거릿에게서 눈을 떼지 못한 채 피터 곁에 바짝 붙어 앉아 피터의 왼팔을 두 팔로 꽉 껴안고는 질문을 쏟아냈다.

"여기, 저 무섭게 생긴 아줌마 말고 유령들이 또 있다고? 맞아?" 피터가 고개를 끄덕이자 릴리는 침을 꼴깍 삼키고 또 물었다. "그런데 유령들이 나한테 부탁할 게 있다고?" 피터가 다시 고개를 끄덕이자 릴리가 눈을 크게 떴다. "진짜? 나한테 뭘 부탁한대?"

피터가 우물거리고 있을 때 마거릿이 탁자에 커피잔을 내려놓으며 릴리를 바라보았다.

"내가 알려줄게, 잘 들어."

릴리는 피터 어깨에 얼굴을 반쯤 묻고는 마거릿을 향해 고개를 끄덕였다. 마거릿은 자초지종을 간단하게 설명하고는 한나를 바라보았다.

"어떠니, 아가야. 내 말이 맞니?"

"제 이름은 아가가 아니고 한나예요. 말씀은 맞아요." 한나가 말했다.

"어린것이 고생이 많구나. 리즈 같은 덜떨어진 것을 만나서." 마거릿은 혀를 찼다.

릴리는 마거릿이 들려준 말을 믿을 수 없다는 듯이 피터를 붙잡고 연신 질문을 퍼부었고, 곁에서 크리스틴이 대답해주면 피터가 릴리에게 들려주었다. 한참 질문을 퍼붓던 릴리가 알았다는 듯이 고개를 끄덕이며 말했다.

"그러니까 한나를 구하기 위해서는, 리즈의 가게에서 일하는 찰스에게서 열쇠를 훔쳐야 한다는 말이네. 맞지?" 피터가 고개를 끄덕였다. "나한테 부탁한다는 게 그거야?"

"맞아, 그거야. 간단해." 마거릿이 말했다.

"그렇게 간단하면 아줌마가 하면 되겠네." 릴리가 마거릿을 바라보며 말했다.

"마거릿이라고 불러. 내가 꼭 아줌마가 된 거 같잖아."

마거릿이 사납게 말하고는 하악질을 했다. 릴리가 움찔 놀라며 피터의 등에 얼굴을 묻었다.

"나는 이제 가도 되지? 내가 도와줄 일은 다 한 거 같은

133

데." 마거릿이 이블린을 돌아보며 말했다.

"기왕 오셨으니 대책이 설 때까지 도와주시지요, 마거릿." 크리스틴이 말했다.

"왜, 고양이 따위에게 의지하면 안 된다고 우아를 떠시던 크리스틴 여사께서? 가만……" 마거릿이 잠시 생각하는 듯이 고개를 들고 천장에 달라붙은 여인들을 올려다보더니 말했다. "그래도 우아한 크리스틴의 말씀이니 좀더 앉아 있어볼까? 자, 대책은 뭐가 있을까? 저 사차원이 도와준다 치고……"

여인들이 저마다 한마디씩 했다. 가만히 듣고 있던 크리스틴이 손을 들었다. 모두들 입을 다물었다.

"릴리가 약쟁이에 노숙자라고 해서 우리가 편견을 갖고 대하면 안 된다고 생각해요. 릴리는……"

"그렇게 우아 떨 때가 아닐 텐데." 마거릿이 크리스틴의 말을 자르며 나섰다. "한나를 구하고 싶은 거야, 아니야? 답은 간단하잖아. 릴리가 찰스를 꼬셔서 하룻밤 자고 열쇠를 훔쳐내오면 되는 거잖아. 아니야?"

마거릿의 말에 어처구니가 없다는 듯이 릴리가 코웃음

을 쳤다.

"역시 생긴 대로 구닥다리 아줌마군. 지금이 어느 땐데, 구닥다리 미인계야? 좀 참신한 아이디어는 없는 거야?"

"뭐, 구닥다리? 아줌마? 너 그새 겁을 상실했니?" 마거릿이 하악질을 했다. 릴리는 피터의 등에 얼굴을 묻고 피터를 꽉 껴안았다. 마거릿이 말을 이었다. "죽으면 썩을 그깟 몸뚱이, 남 돕는 일에 좀 쓰면 어때서."

"싫어. 싫다고. 나는 내 몸에 남의 손이 닿으면 소름이 돋는다고, 씨팔." 릴리가 피터의 등에 얼굴을 묻은 채 소리쳤다.

릴리를 쏘아보던 마거릿이 자리에서 일어섰다.

"나는 갈게. 하찮은 인간 따위하고 더 말 섞고 싶지 않아. 됐지?"

듣고만 있던 한나가 일어서서 마거릿의 앞에 섰다.

"저 좀 도와주세요. 릴리와 마거릿이 도와주면 될 거 같아요. 일단 찰스의 집에 들어가는 것까지만 릴리가 고생해주고 그다음은 마거릿이 도와주면 좋겠어요."

"내가 왜? 내가 뭘?" 마거릿이 물었다.

한나가 마거릿을 빤히 올려다보며 말했다.

"제 눈엔 마거릿이 보여요. 불이 보여요, 불 속의 마거릿이 보여요. 그러니까 마거릿은……"

한나의 말을 자르며 마거릿이 크게 하악질을 했다.

"그만, 그만!" 마거릿이 소릴 지르며 한나를 쏘아보았다. "젯내 나는 그 입 다물어."

"알았어요. 그만할게요. 하지만 마거릿은 누구보다 제 고통을 잘 아시는 분이라는 거 알아요."

마거릿은 내심 놀랐다. 어린것이 나를 알아본다, 내가 화형당한 마녀라는 걸 안다. 한나는 지금 그걸 말하고 있는 것이다.

"마거릿은 고양이의 몸을 쓸 수 있잖아요." 한나는 간절하게 말했다. "고양이 몸속에 들어가서 릴리와 함께 찰스의 집에 가줘요."

여인들이 웅성거렸다. 마거릿은 무서운 얼굴로 한나에게 다가가서 나직한 목소리로 힘주어 말했다.

"입 다물어. 수정구슬 속보다 더한 곳에 갇히고 싶지 않으면. 수정구슬 속으로 돌아가고 싶다고 애원하게 해줄까?"

한나는 고개를 저었다.

"아니요, 저는 지금도 너무 고통스러워요. 저를 도와줘요."

한나의 두 눈에서 눈물이 흘러내렸다.

크리스틴이 자리에서 일어섰다.

"마거릿, 어렵게 와주셨잖아요. 한나에게 계획이 있는 것 같으니, 잠깐 앉아서 들어보시면 어떨까요?"

창밖에서 부엉이가 울었다. 바람이 부는지, 밤새들이 일제히 날개를 펼치고 날아오르는지, 나뭇가지들이 쌓인 눈을 털어내며 우수수 서걱였다.

마틴 형사가 멍한 눈으로 피터를 바라보았다.

"아까 잊을 수 없는 날이라 하셨는데, 왜 그런지 알 수 없군요."

"친구를 만난 날이었으니까요. 한나를 제외하고는 나에게 친구가 없다오. 인간 친구라고는 릴리가 유일합니다. 그날은 릴리를 만난 날이지요."

마틴이 고개를 끄덕였다.

"아, 릴리…… 저는 마거릿이라는 고양이가 더 흥미롭군요. 전생의 마녀가 빙의한 고양이라니, 그걸 제가 믿을 거라고 생각하시는 건 아니죠? 하하하."

피터는 고개를 갸우뚱하고 와인을 한 모금 마시며 창밖을 바라보았다.

"글쎄요. 그걸 빙의라 할 수 있을지는 모르겠군요. 그나저나 해가 저무는 모양입니다. 이제 나는 나가봐야 할 시간이오."

"오늘은 좀더 이야기를 듣고 싶은데요. 제가 이렇게 매일 오기도 어려워서 말이죠." 마틴이 말했다.

"그럼 내가 한 바퀴 돌고 올 동안 기다리시겠소?" 피터가 일어나서 작은 종을 들며 말했다.

"저도 함께 돌면 좋겠습니다." 마틴이 일어서며 말하자 피터가 고개를 저었다.

"마틴 형사에게 근무 수칙이 있다면 내게도 그런 게 있다오. 이건 나 혼자 해야 하는 일입니다. 이해해주시오."

"알겠습니다. 그럼 기다리고 있겠습니다." 마틴이 다시 자리에 앉으며 말했다.

"시장하면 뭘 좀 드시오. 저기 주방에 빵과 우유가 있어요. 치즈도 좀 있다오."

"알겠습니다. 그럼 제가 알아서 챙겨 먹겠습니다. 고맙습니다."

피터가 나가고 난 뒤, 마틴은 빵 한 덩이와 우유를 들고 와서 조금씩 먹으며 수첩을 뒤적이다가 무언가가 메모되어 있는 한 장에 눈길이 멈추었다.

'기억에 잠기는 순간, 오늘은 사라진다. 오늘은 매 순간 사라지고 아무리 긴 마법의 팔을 가진 이의 손에도 잡히지 않는 어제가 된다. 기억에 잠긴 이는 그 기억 속 어제를 사는 사람이다. 그의 시간은 오늘을 살지 않는 자의 시간, 어제에 속한 자의 시간, 죽은 자의 시간이다. _아낙시만탈레스'

마틴은 고개를 갸우뚱했다. 뭔 소리인지 알 수 없었고, 그걸 자기가 언제 메모했는지도 알 수 없었다. 아낙시만탈레스도 처음 보는 이름이었다. 아마도 책을 읽다가 옮겨 적은 모양이었다. 그런데 생각해보니, 지금 그가 만나고 있는 피터라는 노인의 시간이 그랬다. 죽은 자의 시간.

혹 피터는 이미 죽은 이가 아닐까 하는 생각이 얼핏 스쳤다. 하긴 묘지에서 평생을 보낸 사람이니 이미 죽은 자와 다를 게 없다는 생각도 들었다. 마틴은 빵을 쭉 찢어서 입에 넣고 소처럼 오래 씹으며 관리실 곳곳을 찬찬히 둘러보았다. 첫날 피터를 만나 이야기를 들으면서 이 노인이 혹시 실성한 게 아닐까 생각했다. 둘째 날에는 혹 무언가를 숨기기 위해 유령 이야기를 하는 게 아닐까 의심하기도 했다. 그런데 그게 아닌 것 같았다. 피터의 말투나 눈빛에는 자기가 말하는 이야기가 사실이라고 믿는 이의 확신이 담겨 있었다. 무언가 이상하다는 생각에는 변함이 없지만, 그 이상하다는 느낌의 근거는 분명 바뀌었다. 그것이 무엇인지, 피터가 말하는 이야기의 끝에는 무엇이 있을지, 마틴은 궁금했다.

한 시간쯤 지나 피터가 돌아왔다. 피터는 치즈를 꺼내와서 식탁에 올려두고 마틴에게 권했다.

"이게 보기와 달리 맛이 괜찮다오." 그러고는 치즈 한쪽을 집어 입에 넣고 천천히 씹었다. "나는 이걸로 충분하지만 젊은 사람이 괜찮겠소?"

"네, 저도 충분합니다. 맛있게 먹었습니다. 드시고 천천히 이야기를 들려주시지요."

한 해가 저물어가는 30일이었다. 지난밤 유령마을 회의는 한나의 계획을 채택했다. 일단 릴리가 찰스를 유혹해서 집에 들어가는 것까지는 담당한다, 이후는 마거릿이 열쇠를 훔친 다음 찰스를 조용히 잠들게 하고 집을 나온다. 망설이는 릴리에게 피터는 부탁했다. 고양이를 안고 찰스의 집에 들어갔다가 나오기만 하면 된다는 말에 릴리는 마지못해 고개를 끄덕였다. 그러자면 일단 릴리가 찰스의 시선을 끌어야 했다. 한나는 언젠가 찰스가 수정구슬을 한참 바라보았을 때 파악한 찰스의 머릿속에 담긴 여자의 모습을 얘기했다. 단정한 금발 커트머리, 무릎 바로 위에서 팔랑이는 청회색 치마와 하얀 블라우스에 민트색 스카프, 단아한 얼굴, 그게 찰스의 머릿속에 든 여자의 모습이었다. 크리스틴은 릴리를 바라보며 고개를 저었다. 릴리의 모습은 찰스의 머릿속 여자와 전혀 딴판이었다.

　"바꾸면 될 거 같아요. 일단 피어싱과 귀걸이를 모두 빼고, 머리를 금발로 염색하고……" 링링이 말했다.

　"아, 씨팔 싫다고. 내 머리가 본래 금발인데, 싫어서 돈 처들여 염색했다고." 릴리는 진저리를 쳤다. 그러고는 피터를

141

안타까운 눈으로 바라보며 말했다. "한나라는 어린 유령이 불쌍해서 나도 돕고 싶긴 해. 하지만 내 모습을 바꾸면서까지 그러긴 싫다고."

"니 말이 옳아. 나도 싫거든." 마거릿이 말했다. 그러곤 이블린을 돌아보았다. "내가 왜 이 사차원의 품에 안겨서 찰스의 집엘 가야 하니? 나한테 너무 무리한 부탁 아니니?"

싫다고 반발하는 릴리를 피터가 어눌한 말투로 간곡하게 설득했고, 마거릿은 크리스틴과 이블린이 달랬다.

그날은 오후부터 분주했다. 릴리와 피터, 크리스틴과 링링이 함께 움직이며 백화점에 들러 옷과 스카프를 사고, 신발까지 새로 산 뒤에 미용실에 들러 염색을 했다. 피어싱과 귀걸이를 빼고 한나가 말한 대로 갖춰 입으니 릴리는 완전히 다른 사람이 된 것 같았다. 약쟁이 노숙자 릴리의 모습은 간 곳 없고, 상큼하고 청순한 여학생이 눈앞에 서 있었다.

"참, 이렇게 달라질 줄이야. 얘가 릴리 맞아?" 링링이 놀란 눈으로 말했다.

"그러게. 정말 완전히 딴사람이 되었네." 크리스틴이 말하고는 피터를 바라보며 웃었다. "어머, 피터 얼굴 빨개진 거 봐. 찰스의 이상형이 아니라 피터의 이상형을 한나가 잘못 말한 거 아냐? 하하하."

"아, 아닌데요……"

멍한 눈으로 릴리를 바라보던 피터는 얼른 고개를 돌렸다. 문득 조안나가 떠올랐다. 가슴 한편이 저릿해왔다. 잊었다고 생각한 이름이었다. 그런데 조안나의 모습이 생생하게 떠올랐다. 그리움은 그런 것인지 모른다. 그리움은 물과 같다. 가로막으면 고이고, 잊으려 외면하면 더 깊은 심연으로 흘러가는 물. 피터는 문득 떠오른 초등학교 시절에 잠겨 숨쉬기가 곤란했다.

"아 젠장, 이게 뭐야? 꼭 걸스카웃 같잖아." 거울을 보며 릴리가 짜증스레 투덜거렸다. "어떤 자식이 도대체 이렇게 멍청한 모습을 좋아한다는 거야."

피터는 릴리의 모습을 바로 보지 못했다. 크리스틴과 링링의 시선도 의식되었지만 문득 떠오른 조안나의 모습이 그를 초등학교 시절로 데려갔기 때문이었다. 초등학교 시절, 두 소녀가 떠올랐다. 조안나는 그리움으로, 헬렌은 미안함으로.

헬렌은 피터만큼이나 모자란 소녀였다. 체육 시간이면 다른 아이들이 쉽게 하는 동작도 피터와 헬렌은 잘하지 못해서 아이들이 지켜보는 앞에서 선생님은 둘에게 같은 동작을 몇 번이나 반복하게 했다. 어느 날은 담임선생이 둘을 칠판 앞으로 불러내어 이름을 쓰라고 시켰다. 피터는 이름을 쓰고 돌아서다가 헬렌과 시선이 마주쳤다. 헬렌이 환하게 웃는 얼굴로 피터를 바라보았다. 자랑스레 자리로 돌아가는데, 등뒤에서 선생님이 말했다. 자, 우리 반에서 자기 이름 못 쓰는 사람은 이제 없어요. 아이들이 책상을 두드리며 웃음을 터트렸다. 피터는 그날 이후 헬렌이 싫었다. 헬렌과 눈을 마주치지도 않았고, 헬렌이 말을 걸면 못 들은 체하고 피했다. 그럴수록 헬렌은 피터에게 더 친절하고 다정하게 인사했고, 피터는 그럴수록 그녀가 더욱 싫어서 한사코 피했다. 아이들은 생일날 친구들을 초대해서 생일 파티를 했지만, 피터를 초대하는 아이는 없었다. 헬렌 말고는. 헬렌은 매년 자기 생일에 피터를 초대했지만, 피터는 한 번도 가지 않았다. 초등학교 졸업을 한 달쯤 앞둔 피터의 생일, 그날도 피터는 하굣길에 아이들에게 붙잡혀 주머니에

든 용돈을 털리고 한참을 손가락 찔림을 당하며 시달리고는 집에 가는 길이었다. 공원묘지 앞에 이르자 뜻밖에도 헬렌이 그를 기다리고 있었다. 헬렌은 수줍게 웃으며 작은 선물 상자를 내밀었다. "피터, 생일 축하해. 나는 내 생일날 네가 왔으면 하고 늘 기다렸는데 한 번도 안 와서 섭섭했어. 그런데 생각해보니 나는 네 생일을 한 번도 축하해준 적이 없는 거야. 왜 나는 주진 않고 받기만 바랐는지 몰라. 정말 바보 같지?" 그러면서 웃는 헬렌이 정말 싫어서 피터는 말없이 외면하고 피해 갔다. 그때 등뒤에서 헬렌의 울음소리가 갑작스레 터져나왔다. 피터는 돌아보지 않았다. 외로운 사람은 외로운 사람을 싫어하고, 바보는 바보를 싫어한다. 혼자 당하는 멸시와 조롱보다 헬렌과 한 묶음으로 당하는 멸시와 조롱이 어린 피터는 죽기보다 싫었다. 헬렌은 그날 이후 등교하지 않았다. 헬렌이 보이지 않는데도 아이들은 아무도 관심 갖지 않았다. 피터가 헬렌을 다시 만난 건 수년 후 영정사진 속에서 웃고 있는 모습이었다. 그러고 보니 헬렌은 늘 웃는 얼굴이었다. 조롱받고 멸시당하면서도 늘 웃는 얼굴. 그런데 그날 헬렌은 울음을 터트렸다. 주체할 수 없이 갑자기 터져나오는 오열. 그 울음소리를 기억한다. 헬렌은 오래 살지 못했다. 병약했던 그애는 열다섯 살에 죽어 공원묘지에 묻혔다. 피터는 매년 헬렌의 생일에 꽃다발을 들고 그애의 묘지를 찾았다. 그때마다 헬렌의 수줍은 미소와 울음소리가 함께 떠올랐다.

카페 오봉오마우는 저녁 아홉시가 넘어서자 빈 탁자를 찾기 어려울 만큼 사람들로 가득찼다. 바텐더 앞에 길게 설치된 바에만 드문드문 몇 자리가 남아 있을 뿐이었다. 릴리는 바에 자리를 잡고 앉아 패딩을 옆자리에 내려놓고 제임슨 스트레이트를 주문했다.

"술 취하면 안 돼. 오늘은 좀 참아주라." 곁에 선 링링이 무심코 말했다.

"얘가 알아듣니? 말해봐야 소용없어." 크리스틴이 말했다. "그나저나 이블린은 마거릿이 변심하지 않게 잘 통제하고 있겠지?"

크리스틴과 릴리는 찰스가 단골로 다닌다는 카페 오봉오마우에서 기다리기로 했고, 이블린과 나탈리는 마거릿과 함께 리즈의 가게 앞에서 찰스가 나오기를 기다렸다가 뒤를 밟기로 했다. 행여 찰스가 오봉오마우가 아닌 다른 곳으로 향하면 즉각 연락을 취하기로 했다. 릴리 팀과 마거릿 팀 사이의 연락은 링링이 수시로 오가며 맡기로 했고, 피터는 도나와 함께 오봉오마우 앞 거리에서 대기하다가 필요할 경우 릴리와 크리스틴의 소통을 돕기로 했다.

한파주의보가 내려진 탓인지 거리엔 행인이 그다지 많지 않았다. 차가운 바람이 이따금 휩쓸고 지나갔고 옷깃을 단단히 여민 행인들이 종종걸음으로 지나갔다. 피터는 두툼한 점퍼에 굵은 털실로 짠 오렌지색 목도리로 얼굴을 온통 싸매다시피하고 거리에 서 있었다. 곁에 선 도나가 이따금 춥지 않느냐고 물었고, 그때마다 피터는 괜찮다고 고개를 저었다. 밤 열시가 넘을 즈음 링링이 다가왔다.

"찰스가 지금 이쪽으로 오고 있어. 혹 마주치지 않게 조심해. 하긴 목도리로 얼굴을 온통 감싸서 누군지도 모르겠다."

"찰스 혼자 오고 있어요?" 도나가 물었다.

"친구들과 저녁 먹고 헤어져서 혼자 오고 있어요. 날이 추우니까, 어쩌면 집으로 바로 들어갈지도 몰라."

"찰스 집이 이 근처라며?" 링링이 고개를 끄덕이자 도나가 걱정스러운 표정으로 말을 이었다. "찰스가 바로 집으로 향하면 피터가 붙잡고 말을 걸어야 하는 거죠?"

"어제 다 얘기했고 연습도 했잖아요. 피터가 어제 연습한 대로 해주길 바라야죠."

피터는 겁먹은 표정으로 링링과 도나를 흘끔 바라보았다.

"피터, 힘내. 시간을 조금만 끌어주면 돼. 그 사이에 릴리가 나와서 어떻게든 찰스의 시선을 붙잡을 테니까. 잘 될지는 나도 모르겠지만." 링링이 말했다.

"온다, 저기 이블린과 나탈리가 오고 있어. 그 앞에 걸어오는 남자가 찰스?" 도나가 링링에게 물었다.

"응, 오고 있네. 저치가 오봉오마우에 들어가야 할 텐데……" 링링이 천천히 걸어오는 찰스를 바라보며 말했다.

짙은 남색 외투 차림의 찰스가 담배를 피우며 걸어오고 있었다. 그 뒤로 몇 걸음 뒤처져서 검은 고양이가 따르고, 이블린과 나탈리가 링링을 향해 손을 흔들며 오고 있었다.

찰스는 오봉오마우 앞에 잠시 서서 밤하늘을 바라보더니 피우던 담배를 던져 발로 밟고는 카페 안으로 들어섰다.

링링과 도나가 기뻐하며 손바닥을 마주쳤다.

"뭐가 좋다고 난리들이니?" 이블린이 말했다.

"피터가 행여 찰스를 붙잡고 말을 걸어야 하는 상황이 될까봐 걱정하고 있었거든요." 도나가 웃으며 말했다.

카페 안에 들어선 찰스는 바텐더와 인사말을 나누고 빈자리를 찾아 둘러보다가 릴리에게 눈길이 멎었다. 찰스는 천천히 릴리 곁으로 다가가 옆자리를 가리키며 물었다.

"여기 앉아도 될까요?"

릴리는 찰스를 바라보았다. 포니테일 머리도 그렇고, 지난밤 한나에게서 들은 모습과 비슷한 청년이었다. 릴리는 고개를 끄덕여 보이고는 의자에 놓아둔 패딩을 품에 안으며 주위를 둘러보았다. 피터가 문가에 서서 손을 높이 들었다. 찰스가 맞다는 신호였다.

찰스는 릴리가 마시고 있는 술잔을 바라보며 물었다.

"위스키인가요?"

릴리는 웃으며 가볍게 고개를 끄덕였다.

바텐더가 다가와 찰스에게 물었다.

"늘 마시던 것으로?"

"아니, 오늘은 이분이 마시는 것으로." 찰스가 릴리의 잔을 가리키며 말했다.

"그거 제임슨인데, 찰스가 위스키도 마셨었나?"

"응, 연말이니까. 내일이 올해의 마지막 날이잖아, 끝날."

"그러게. 한 해가 가네." 바텐더가 제임슨을 따라주며 말했다.

찰스는 내심 놀라고 있었다. 패트리샤가 곁에 앉아 있는 느낌이었다. 패트리샤는 그가 태어나서 처음으로 사랑한 여자였다. 고교 졸업을 앞둔 봄, 패트리샤는 가족과 함께 프랑스로 이민을 떠났다. 그녀를 마지막으로 만난 날을 찰스는 기억하고 있다. 한 번도 잊은 적이 없다. 그 이후 7년 동안 몇몇 여자를 만나고 사랑했지만, 늘 그의 가슴 한편엔 패트리샤가 있었다.

오늘은 그냥 집으로 가서 일찍 쉴 생각이었다. 친구들과 내일 송년 모임을 갖기로 했으니까. 그런데 카페 오봉오마우 앞에 서자 왠지 무언가가 그를 잡아끄는 것 같았다. 딱 한 잔만 하고 갈까, 하고 들어선 참이었다. 그런데 패트리샤를 쏙 빼닮은 여자를 보았다. 그녀의 곁에 앉으니 홀연 7년이라는 시간이 사라진 것 같았다.

　사람들로 가득한 카페에는 자리를 잡지 못한 이들이 곳
곳에서 술잔을 들고 서서 마시고 있었다. 피터는 링링의 권
유로 그들 사이에 끼어 뱅쇼 한 잔으로 몸을 녹였다. 검은
고양이 마거릿은 카페 맞은편 레스토랑 앞에 앉아 있고, 그
곁에 이블린과 나탈리가 서 있었다.

　찰스는 릴리의 잔이 비자 자기가 한잔 사도 되느냐고 물
었고, 릴리는 웃음으로 응했다. 찰스는 자기 잔도 비우고 바
텐더에게 제임슨 더블 두 잔을 주문했다. 찰스는 릴리와 재
즈에 대해 대화를 나눴고, 릴리가 일어설 기미를 보이자 자
기집에 가서 한잔 더 하자고 청했다. 릴리가 잠깐 생각하는
표정을 짓자, 피곤하면 자기가 집까지 바래다주겠다고 말
했다.

　자정이 지날 무렵 릴리가 카페에서 나왔다. 곧이어 찰스
가 뒤따라 나오며 릴리가 패딩 입는 걸 도와주었다. 카페를
나선 릴리가 몇 걸음을 걷다가 비틀거리자, 찰스가 릴리의
어깨를 감싸안으며 부축했다.

"쟤 진짜 취한 거 아냐? 걸음이 엉망인데." 이블린이 나탈리를 돌아보며 말했다.

"많이 마시더라니……" 크리스틴이 걱정스러운 표정으로 말했다. "제대로 해줄지 걱정이네."

길모퉁이에 앉아 있던 검은 고양이가 일어나서 릴리에게 다가갔다. 릴리가 반색하며 말했다.

"어머, 우리 냥이가 기다리고 있었구나." 릴리는 찰스를 뿌리치고 마거릿을 들어 품에 안았다. "에고, 추웠어? 몸이 차갑네."

"아는 고양이?" 찰스가 물었다.

"네, 자주 만나는 고양이예요. 아까도 만났는데…… 여기서 나를 기다렸나보네. 에고, 추웠을 텐데." 릴리가 대답하고는 취한 표정으로 찰스를 바라보았다. "집에 따뜻한 우유 한잔 있을까요? 이 아이, 추워해요. 한잔 주면 좋겠는데."

"있죠. 함께 갈까요? 우리집이 여기서 가까워요." 찰스가 반색하며 말했다.

"아, 다행이에요." 릴리가 웃으며 찰스에게 몸을 기대며 걸었다. 찰스가 릴리의 어깨를 감싸안았다.

크리스틴과 이블린이 마주보고 안도의 한숨을 내쉬었다.

"쟤 연기자 출신이야? 아님 진짜 취했는데도 할일을 하는 거야?" 나탈리가 놀란 얼굴로 물었다. "아주 깜빡 넘어가겠네. 다 알고 보는 나도 넘어갈 지경인데."

링링과 도나는 피터와 함께 카페에서 기다리기로 했다. 밤이 깊어갈수록 추위가 더 심해졌다. 이 도시의 추위는 한기가 뼈에 스미는 음울한 추위였다.

찰스의 집은 파란색 타일의 작은 건물 삼층에 있었다. 좁은 계단을 올라 집에 들어가서 찰스는 우유를 데워 작은 볼에 따라주었다. 마거릿이 따뜻한 우유를 맛있게 먹는 동안 찰스는 오디오를 켜고 카를로스 산타나의 곡을 틀었다.

"한잔할래요?" 찰스는 소파에 편안하게 앉아 있는 릴리에게 물었다.

"좋아요. 위스키나 보드카가 있다면요."

"독주를 좋아하는군요."

"연말이잖아요. 자정이 지났으니 이제 끝날이에요. 끝날." 릴리가 깔깔 웃었다.

"맞아요. 오늘 같은 날은 독주가 어울려요. 보드카가 있어요. 잠시만요."

거실에는 산타나의 〈블랙 매직 우먼〉이 흐르고 있었다.

나는 흑마술녀를 가졌어. 나는 흑마술녀를 가졌어. 그래, 난 흑마술녀를 가졌지. 나는 그녀에 너무 눈이 멀어서 그녀를 볼 수가 없네. 하지만 그녀는 흑마술녀, 나를 악마로 만들려 하네……(I got a Black Magic Woman. I got a Black Magic Woman. Yes, I got a Black Magic Woman, She's got me so blind I can't see; But she's a Black Magic Woman and she's trying to make a devil out of me……)

찰스가 〈블랙 매직 우먼〉을 흥얼흥얼 따라 부르며 보드카를 가지러 간 사이, 릴리가 화장실로 들어갔다. 때맞춰 마거릿이 우유를 다 먹고 하악질을 시작했다.

"왜 그러니? 우유 더 줄까?"

노래를 흥얼거리던 찰스가 우유를 더 따라주려 냄비를 들고 다가오자, 고양이가 입을 크게 벌리고 검은 안개를 토해내기 시작했다. 찰스가 놀라서 뻣뻣이 굳은 몸으로 뒷걸음질을 쳤다. 검은 안개가 뭉쳐 검은 드레스의 여인이 찰스의 눈앞에 나타났다. 찰스는 손에 든 냄비를 떨어뜨리고 휘

154

청휘청 뒤로 물러섰다.

"흑마술녀를 좋아해, 찰스? 나는 어때?"

마거릿이 깔깔 웃으며 두 팔을 활짝 펼치고 찰스에게 다가섰다. 찰스는 그 자리에서 쓰러져 정신을 잃었다. 마거릿은 흐르는 음악에 맞춰 춤추듯 찰스에게 다가가 그의 상의 안주머니에서 열쇠를 꺼내들고는 화장실 앞에 가서 문을 두드렸다.

"사차원, 이제 나와. 가자."

릴리가 문을 빼꼼 열고 거실을 훑어보다가 주방 앞에 쓰러져 있는 찰스를 바라보았다.

"어떻게 한 거예요?"

"난 아무것도 안 했다. 뭘 할 틈을 줘야 말이지. 많이 졸렸는지 바로 자더라. 요즘 애들은 약해빠져서, 원. 쯧쯧."

"빨리 가요. 깨어나기 전에." 소파에 우아하게 앉아서 말없이 지켜보던 크리스틴이 일어서며 말했다.

마거릿은 검은 안개가 되어 고양이의 코로 스며들었다. 크리스틴은 앞장서서 카페 오봉오마우로 향했다. 유령의 시간이 되어서인지, 한 해를 마감하는 날이 시작되어인

155

지, 거리 곳곳에 배회하는 유령들이 눈에 들어왔다. 크리스틴은 못 본 체하고 걸음을 재촉했다. 오봉오마우는 여전히 사람들로 북적였다. 크리스틴을 본 링링이 피터에게 나가자고 말했다.

유령여인들이 릴리와 피터를 둘러싸고 리즈의 가게 수정요정을 향해 걸었다. 고양이 마거릿은 그들 뒤를 따랐다. 배회하던 유령들이 그들 일행을 보고 뒤따라오기 시작했다.

"이 많은 유령이 다 어디서 나온 거죠?" 링링이 놀라서 물었다.

크리스틴이 고개를 젓자, 고양이 마거릿이 그것도 모르냐는 듯이 말했다.

"지금부터 오늘 자정이 될 때까지 주박이 풀리는 시간대야. 지박령과 인박령들이 거리를 배회하지. 행여 피터와 릴리에게 달라붙지 않도록 해야 해. 인간이든 유령이든 한번 어디에 주박 들린 것들은 저 혼자 있는 시간을 못 견뎌하거든. 나약한 것들이지."

일행을 둘러싼 유령의 수가 점점 많아지자, 고양이가 입을 크게 벌리고 검은 안개를 내뿜기 시작했다. 고양이는 축 늘어지고 마거릿이 거리에 섰다.

"안 되겠다. 좀 쫓아야지. 욕망만 많고 나약한 것들."

마거릿이 두 팔을 벌리고 한 바퀴 도는가 싶더니 공중에 떠올라 입을 크게 벌리고 하악질을 했다. 마거릿의 입에서 붉은 불길이 뿜어져나왔다. 불길이 어둔 밤거리에 선을 그으며 내리꽂히자, 유령들이 놀라서 물러섰다. 몇몇 취객이 거리를 걷고 있었지만 그들은 마거릿에게 눈도 주지 않았다. 불을 내뿜는 마거릿이 사람의 눈에는 보이지 않는 모양이었다. 마거릿이 땅에 내려와 하악질을 하자 유령들이 뒤돌아서서 뿔뿔이 흩어졌다. 물러가는 유령들을 보며 마거릿은 진저리를 쳤다. 화형당해 죽은 마거릿에게 불은 여전히 공포였다. 그 공포의 불이 오랜 세월 자기 안에 있고, 그걸 사용할 수도 있다는 걸 알려준 것은 선배 마녀유령이었다.

세상에 존재하는 모든 것에는 음과 양이 있고, 해로움과 이로움이 공존하는 법이지. 불을 무서워하던 마거릿에게 선배 마녀는 말했다. 음이 강하고 클수록 양도 크고, 해로움이 큰 만큼 이로움도 큰 법이야. 우릴 죽인 불은 우리 안에 있고, 그건 우리에게 큰 무기가 된단다.

그렇다 해도 마거릿은 불을 좋아하지 않았다. 게다가 자기를 태워 죽인 불을 마주한다는 것은 그리 기분 좋은 일이 아니었다.

리즈의 가게 수정요정은 어둠 속에 잠겨 있었다. 릴리와 피터를 위해 마거릿은 오른손 검지손가락에 작은 불을 피웠다. 그 불빛에 의지해 릴리가 열쇠로 문을 열고 가게 안으로 들어갔다. 가게에서 초조하게 기다리던 한나가 일행을 맞아주었다. 한나는 카페 오봉오마우에 함께 가고 싶어 했지만 크리스틴이 반대했다. 지나치게 초조해하고 갈급해하는 한나가 감정에 사로잡혀 일을 그르칠 수 있다는 이유에서였다.

"아, 성공했구나. 고마워. 다들 무사히 와줘서 고마워. 릴리, 마거릿, 피터……"

한나는 말을 잇지 못하고 눈물을 흘렸다. 크리스틴이 한나를 껴안고 등을 다독였다.

"아직 안 끝났어. 어서 수정구슬을 들고 여길 나가자."

링링이 피터와 함께 방으로 들어갔다. 탁자 위에 놓인 수정구슬을 피터가 품에 안았다. 그때 멀리서 경찰차의 사이렌 소리가 들려왔다. 정신을 차린 찰스가 열쇠가 없어진 걸 알고 경찰에 신고한 거였다.

"서둘러 나가야 해."

크리스틴이 앞장서고 릴리와 피터가 뒤를 따랐다. 마거릿과 이블린과 나탈리는 현장에 남아 경찰의 이목을 끌며 발을 묶어두기로 했다. 피터는 수정구슬을 안고 달렸다. 크리스틴 일행이 빠져나가자, 마거릿은 가게 문을 활짝 열어두고 창문도 모두 열었다.

경찰차가 도착하고 경찰 두 사람과 찰스가 가게 안으로 뛰어들어왔다. 마거릿과 이블린과 나탈리는 응접실 소파에 앉아 그들을 지켜보았다.

"아무도 없는데. 도난당한 것은 없나 살펴봐요." 젊은 경찰이 찰스에게 말했다.

찰스는 넋이 나간 표정으로 카운터의 금고를 열고는 안을 살펴보았다. 금고 안의 돈은 그대로 있었다. 안심한 표정으로 금고를 잠그고 돌아선 찰스가 갑자기 방안으로 뛰어들어갔다. 경찰 둘도 그를 따라 방에 들어갔다.

"없어졌어요…… 사라졌어요."

"뭐가 없어진 거요?" 중년 경찰이 물었다.

"수정구슬이 없어졌어요."

"그거 귀한 거요?" 중년 경찰이 맥빠진다는 듯이 물었다.

찰스가 당황한 표정으로 바라보자 젊은 경찰이 책장을 둘러보며 말했다.

"저기 수정구슬 많이 있네요. 저 많은 수정구슬을 놔두고 굳이 하나만 가져간 걸 보면 특별한 수정구슬인 모양이죠?"

"그렇죠. 바로 그겁니다. 특별한 수정구슬을 도난당한 겁니다."

찰스를 바라보던 중년 경찰이 하는 수 없다는 듯이 말했다.

"갑시다. 근처를 한 바퀴 돌며 수상한 자가 있는지 살펴봅시다."

그들이 방에서 나가려고 하는 순간, 책장에서 책 한 권이 툭 떨어졌다.

"뭐야? 여기 누가 있어?" 경찰이 방안을 살펴보았다.

찰스가 창문을 닫았다.

"누가 여기 숨어 있다가 혹시 이 창문으로 도망친 걸까요?"

"빨리 뒤를 쫓자고."

경찰들이 가게를 나가려는 순간 거실의 스탠드가 넘어지며 전등이 깨졌다.

경찰 둘이 서로 눈빛을 교환하고는 조심스레 권총을 꺼내들었고, 찰스에게는 밖에 나가 있으라고 손짓했다. 경찰들은 거실과 방을 샅샅이 살피고 화장실과 창고까지 모두문을 열고 수색했다.

경찰들이 허탈한 표정으로 밖으로 나오자 찰스가 물었다.

"무슨 일이죠? 바람이 불어서였을까요?"

"지금 바람이 안 불잖소. 바람이 분다고 책장의 책이 떨어지고 스탠드가 넘어진답디까? 곁에 있는 종이 조각은 안날리는데. 아무래도……" 중년 경찰이 말했다.

"아무래도, 뭐죠?" 찰스가 물었다.

"이 집이 마법사의 집이 맞죠? 마녀의 집인가? 그래서 아닌가 싶소. 하하하." 중년 경찰이 너털웃음을 터트렸다.

"에이, 경사님도. 지금 농담이 나오세요. 빨리 한 바퀴 돌아보자구요." 젊은 경찰이 말했다.

"일단 그러자고. 피해 물품이 수정구슬뿐이라 맘이 놓여서 농담한 거니 이해해주시오." 중년 경찰이 차로 향하며 찰스에게 말했다.

그때 검은 고양이가 가게에서 나와 거리를 내달렸다.

"고양이가 있었나보네." 중년 경찰이 심드렁하게 말했다. "검은 고양이라 눈에 안 띄었던 모양이오."

찰스가 가게 문을 닫으려는데, 열쇠가 문에 꽂혀 있었다. 찰스는 멈칫하다가 그냥 열쇠를 돌려 문을 잠그고 열쇠를 주머니에 넣었다. 잠시 혼란스러웠지만, 그는 경찰에게 열쇠 이야기를 하지 않기로 했다. 혼자 힘으로 이 상황을 해결해야 한다고, 그는 경찰차에 오르며 생각했다. 리즈와 카타리나는 연말연시를 파리에서 보내겠다며 어제저녁 비행기를 타고 떠났다. 사흘 후에 돌아올 것이다. 그 안에 사태를 해결해놓으면 된다. 리즈의 가게에서 일하며 신임을 얻어 매니저에 오르기까지 걸린 세월이 5년이었다. 그걸 하루아침에 날려버릴 수는 없었다.

그는 카페 오봉오마우에서 만난 금발 여자를 의심하고

있었다. 검은 고양이의 입에서 나온 몹시 이상한 광경을 보고 한순간 정신을 놓긴 했지만 그건 착시이거나 환각일 거라고 생각했다. 친구들과의 저녁식사 자리에서 와인을 마셨고 게다가 평소 안 마시던 위스키를 더블로 몇 잔 들이켠 탓이었다. 그런데 정신을 차리고 보니 고양이도 여자도 간 곳이 없고 주머니를 보니 가게 열쇠가 사라지고 없었다. 가게 금고 안에는 어제 하루의 수입이 들어 있었다. 연말연시 휴무를 앞둔 마지막 영업일이라 손님이 유독 많았고 수입이 적잖았다. 그가 걱정한 것은 그 돈이었다. 수정구슬이 사라지리라고는 생각도 하지 못했다. 경찰에 신고하자마자 경찰차가 바로 도착한 것은 연말 특별 순찰중인 차가 근처에 있어서였다. 다행히 돈은 없어지지 않았다. 수정구슬이라면 방법이 있을 것 같았다.

경찰차로 부근을 한 바퀴 돌았지만 특별히 이상한 사람은 눈에 띄지 않았다. 귀가중인 몇몇 취객만 보일 뿐이었다. 날이 추워서 평소보다도 오히려 행인이 많지 않은 연말 밤거리를 두 바퀴 더 돌고 경찰이 말했다.

"일단 저희는 돌아갑니다. 내일 경찰서에 와서 도난신고를 해주기 바랍니다."

"고맙습니다. 없어진 물건이 수정구슬 하나니까 저희 사장님과 연초에 상의하고 도난신고를 하든 말든 결정하겠습니다. 고생하셨습니다." 찰스가 말하자 경찰은 차창을 내려 손을 흔들고는 멀어져갔다.

그날 밤, 애도의 천사상 광장에 유령마을 여인들이 모여 기다리고 있었다. 피터가 수정구슬을 안고 도착하자 모두들 환호성을 질렀다. 여인들은 빨리 깨뜨려버리라고 말했지만 크리스틴은 고개를 저었다. 마거릿과 이블린과 나탈리가 올 때까지 기다리자고 했다.

얼마간 기다리자 이블린과 나탈리가 걸어오며 손을 흔들었다. 마거릿은 어디 있지, 하고 여인들이 두리번거리는 사이에 고양이 마거릿이 천사상 머리에 올라앉아 하품을 길게 했다.

"피터, 고생 많이 하셨어요. 릴리, 도와줘서 정말 고마워요. 마거릿이 도와주지 않았다면 못했을 일이에요. 한나를 대신해서 깊이 감사드립니다." 크리스틴이 말하자 모두들 박수를 쳤다.

"나는 아무것도 한 게 없다니까. 아까 봤잖아."고양이 마거릿이 천사상에서 뛰어내리며 말했다.

"모두들 고마워요."한나가 눈물을 글썽이며 말했다.

"아직 아니야. 수정구슬을 깨뜨려 주박을 풀어야 해. 주술이 걸린 구슬이라 쉽게 안 깨질지도 몰라."

마거릿의 말에 모두들 긴장한 표정으로 구슬을 바라보았다.

"피터, 부탁해요."

크리스틴의 말에 피터가 수박 크기만한 수정구슬을 두 손으로 높이 치켜들었다. 상현달이 은은한 빛을 뿌리며 지켜보고 있었다. 달빛을 받은 수정구슬이 빛을 발했다. 피터가 구슬을 높이 들어 천사상의 기단부에 힘껏 내던졌다. 펑 소리와 함께 구슬이 세 조각으로 깨지면서 하얀 연기를 피워올렸다. 그 순간 한나가 비명을 지르며 쓰러졌다.

"한나, 왜 그래? 한나야."크리스틴이 쓰러진 한나를 끌어안고 불렀다. 한나는 반응을 보이지 않았다. "왜 이러지? 한나가 왜 정신을 잃은 거죠?" 크리스틴은 마거릿을 바라보았다.

"오랜 주박이 풀려서 정신을 잃은 거야. 주박은 끈이기도 하거든. 이십 년 넘게 이어져온 끈이 끊어졌으니 정신을 놓을 수밖에." 마거릿이 말하면서 한나에게 다가가 혀를 내밀고 한나의 코를 핥았다. "괜찮아. 한숨 자고 나면 일어날 거야. 푹 자게 놔둬."

돌연 어두운 하늘에서 운무가 내리기 시작했다. 하얀 운무가 짙게 내려 한 치 앞을 보기 어려웠다. 여인들이 동요하자 마거릿이 밤하늘을 올려다보며 말했다.

"오랜 주술이 든 수정의 힘이 제법 세군. 운무를 피우기도 하고…… 곧 걷히겠지. 나는 이제 간다."

고양이 마거릿은 꼬리를 치켜들고 운무를 헤치며 여인들 사이를 유유히 빠져나갔다.

한 해의 마지막 날이 밝았다. 소파에서 한숨 자고 일어난 피터는 시계를 보았다. 벌써 열시가 넘었다. 침실에는 한나와 릴리가 자고 있었고, 크리스틴이 한나를 지켜보고 있었다. 피터는 서둘러 청소도구를 챙겨 묘지를 돌았다. 고양이 마거릿은 자기집에 엎드려 자고 있다가 피터를 흘낏 보고는 일어나서 느릿느릿 걸어가며 중얼거렸다.

"피곤하지도 않나? 일찍 일어났네. 하긴 젊은 몸뚱이니까……"

오후 한시쯤 청소를 마치고 관리실에 돌아오니, 릴리가 관리실 소파에 앉아 피어싱과 귀고리를 꼼꼼하게 다시 차고 있었다. 옷차림은 어제 그대로였다.

"피터, 부지런하네. 난 일어나서 간단히 차려 먹었어. 피터 것도 만들어뒀어."

식탁에 샌드위치가 차려져 있었다.

"내가 할 줄 아는 게 그거뿐이야. 괜찮지?"

피터는 고맙다고 대답하고 식탁에 앉아 샌드위치를 먹었다. 릴리는 커피를 내려 피터의 맞은편에 앉으며 말했다.

"이 옷, 내가 입고 가도 되지? 좀 웃긴 모습이긴 하지만, 이전에 입던 옷이 갑자기 싫어졌어. 왠지 이전으로 돌아가고 싶지 않다는 생각이 조금 드네……" 릴리는 피식 웃었다.

"그 모습이 더 좋아. 이전의 릴리 모습도 좋았지만." 피터는 우물우물 말했다.

"진짜? 피터가 좋다니, 나도 좋다." 릴리가 일어나서 한 바퀴 돌며 피터를 보고 활짝 웃었다. "그런데 어제 일 진짜 굉장했어. 지금도 믿기지 않아. 세상에 나 같은 경험을 한 사람이 누가 또 있겠어. 피터는 빼고 말야. 그런데 유령이 무섭기만 한 줄 알았는데, 불쌍하기도 하네. 한나는 괜찮겠지? 마거릿이 별말 안 해?"

피터가 고개를 끄덕이자, 릴리는 다행이라며 고개를 끄덕였다.

"그 무섭게 생긴 아줌마가 별말 안 했다면 괜찮다는 거네. 한나가 불쌍해. 인생을 살아보지도 못하고…… 하긴 나도 이게 사는 건 아니지만." 그러고는 곰곰 무언가를 생각하더니 말을 이었다. "피터 덕분에 이상한 경험을 하면서 많이 생각했어."

피터가 샌드위치를 다 먹고 나자, 릴리는 켄트를 데리고 떠났다. 이 도시를 떠날 거라며, 다시 볼 수 있을지 어떨지 모르겠다고 말했다. 피터는 관리실 앞에 서서 인간의 도시를 향해 걸어가는 릴리를 오래 바라보았다.

168

한나가 깨어난 것은 그날 저녁이었다.

"빛은 어디 있는 거죠? 어디 가야 빛을 만날 수 있어요?"

정신을 차리고 일어난 한나가 맨 처음 한 말이었다. 크리스틴은 무슨 뜻인지 몰라 한나에게 되물었다.

"빛이라니, 무슨 빛?"

피터가 가져다준 물을 한 모금 마시고 한나는 크리스틴을 바라보았다.

"죽은 영혼을 영혼계로 인도한다는 빛 말예요. 나는 수정구슬에 갇혀 그 빛을 만나지 못했어요."

그제야 알겠다는 듯이 한나의 얼굴을 쓰다듬으며 고개를 끄덕이던 크리스틴이 말했다.

"글쎄다…… 나는 몰라. 나한텐 그 빛이 한 번 보였어. 내가 죽었을 때였지. 환하고 강한 빛이었는데, 그 빛을 향해 가다가 지상에 할일이 남아 있다는 생각이 들어서 돌아섰지. 그 뒤론 보지 못했단다."

한나는 크리스틴의 말에 미간을 좁히며 생각에 잠겼다.

"그러고 보니 나한테도 그 빛이 왔었는지 모르겠어요. 수정구슬에서 눈을 떴을 때, 환한 빛이 잠깐 보였어요. 하지만 그 빛은 나한테까지 도달하지 못하고 흩어졌어요. 수정 구슬에 막혀서 그런지도 모르겠어요."

"영혼계로 가고 싶은 게로구나……"

"네, 저는 인간이 사는 세상이 무섭고 싫어요. 이곳을 떠나고 싶어요."

크리스틴은 고개를 끄덕였다. 그럴 만도 하다고 생각했다.

유령마을에 그해의 마지막 달이 떴다. 유령들은 공원묘지를 산책하며 서로에게 평안한 한 해를 기원했다. 가족들의 안녕을 달에게 기도하는 유령들도 있었다. 한나는 마거릿의 집을 찾아갔다. 검은 고양이 마거릿은 루이스 켄탈의 묘석에 앉아 달을 바라보고 있었다.

"부탁이 있어요."

"부탁은 다 들어준 걸로 아는데."

"빛은 어디 있나요? 어딜 가야 빛을 만날 수 있는지 알고 싶어요."

마거릿은 고개를 돌려 한나를 바라보다가 길게 하품을 했다.

"사십구 년 후에나 만날 수 있을 거야. 죽은 지 사십구 년 후니까, 네가 언제 죽었는지 계산해보렴."

마거릿은 사후에 찾아온 빛을 외면하면 49년 후에나 다시 만날 수 있다고 말했다. 한나는 손을 꼽아 계산하다가 아앙 하고 울음을 터트렸다.

"아, 시끄러워. 나는 어린애 우는 소리 딱 질색이다. 꼭 고양이 울음소리 같잖아. 다른 데 가서 울어줄래?" 마거릿이 고개를 저으며 말했다.

"아앙, 난 이십삼 년 전에 죽었으니까, 이십육 년을 더 기다려야 한다는 거잖아요. 아앙."

"그러니까 딴 데 가서 울라니까. 내가 정한 것도 아니고, 왜 나를 귀찮게 하니?"

빛을 만나 영혼계로 가면 49일 후 새로운 생명을 받아 다시 지상에 올 수 있다. 그렇게 한 생을 보내고 죽음을 맞고 빛을 따라 다시 영혼계로 간다. 죽음 중독 혹은 생의 중독일까, 마거릿은 이 무한 고리를 반복하는 인간들을 바라보며 적잖은 세월을 보냈다. 49년 주기로 찾아오는 빛을 그녀는 그때마다 외면했다. 영혼계가 어떤 곳인지, 그곳에 가면 무엇을 하는지 궁금하기도 했지만, 생을 다시 받고 다시 죽

음에 이르는 그 과정을 반복하고 싶지 않았다. 불교도들은
해탈을 하면 다시 생을 받지 않는다고 한다던데, 까짓 해탈
을 하지 않더라도 영혼계로 가지 않으면 되는 일 아닌가 하
고 마거릿은 생각했다.

한동안 그녀와 함께 다니던 선배 마녀는 수십 년 전에 영
혼계로 떠났다. 뭐하러 거길 가느냐는 마거릿의 질문에 선
배 마녀는 말했다. 지상을 수백 년 떠돌며 인간들을 지켜보
니 생을 그냥 반복하는 것 같지 않아. 무언가 있어. 이런저
런 생을 받아 체험하면서 느끼고 배우는 게 아닐까? 그러
니까 말야, 전생에 성공한 생을 살아봤다면 이번 생에는 아
주 형편없이 실패하는 생도 살아보면서 무언가 배우는 게
아닐까 하는 생각이 들어. 인생은 학교가 아닐까, 하는 생
각. 나는 그 학교를 좀더 다녀보고 싶어. 내 영혼이 어디까
지 성장할 수 있을지 궁금하거든.

마거릿은 선배 마녀의 말을 이해할 수 없어서 따져 물었
다. 아니 무슨, 성공과 실패가 미리 주어지고 보장되는 거
야? 선배 마녀는 깔깔 웃으면서 말했다. 그래서 너는 아직
하수라는 거야. 세상의 성공이란 초등학교 소풍날에 하는

보물찾기 같은 거 아니니? 보물을 찾은 아이가 못 찾은 아이들 앞에서 뻐길 것도 없고, 못 찾은 아이가 찾은 아이한테 주눅들 일도 아니지. 보물을 찾고 싶다면 노력은 해야겠지만, 죽어라 노력하고도 못 찾는 아이도 있고 별 노력 안하고도 운 좋게 찾는 아이도 있잖니. 세상의 성공이란 게 그런 거 아냐? 수백 년 세상을 지켜본 네 눈에도 그게 별거 아니란 건 알잖아.

선배 마녀가 영혼계로 떠난 이후, 마거릿은 어두운 하늘 아래를 홀로 걸으며 이따금 그녀의 말을 생각했다. 대부분 동의할 수 있었다. 하지만, 인생이 학교라면 더더욱 그녀는 생을 다시 받고 싶지 않았다. 그 지겨운 학교엘 왜 또 가니.

한나는 자리를 떠나지 않고 보챘다.

"좀더 일찍 빛을 만나는 방법은 없을까요?" 눈물을 흘리며 한나가 물었다.

"에이, 괜한 짓에 나서가지고 귀찮기만 하네. 내가 니 엄마니, 할머니니? 왜 나한테 묻고 그래. 난 모른다."

"마거릿은 마법사잖아요. 무언가 방법이 있지 않을까요?"

한나의 말에 마거릿이 하악질을 하다가 이내 고개를 저으며 말했다.

"그래, 우리 둘만 있는 자리니까 알려줄게. 너 수정요정일 때 들은 풍월이 많다던데, 위대한 마법사에 대해서는 들어본 일 없니?" 한나가 고개를 젓자 마거릿이 말을 이었다. "그분은 모래 알갱이만큼 작은 씨앗으로 수많은 꽃을 피우고 아름드리나무를 만드는 분이지. 갓난아기를 노인으로 만들기도 하고, 푸른 하늘을 붉게도 만들고 검은 하늘로 만들기도 해. 사람들이 시간이라고 부르는 분이야. 시간만큼 위대한 마법사는 없지. 그 위대한 마법사의 일에 나 같은 조무래기 마법사가 개입할 길은 없어. 그저 기다릴밖에."

"그 긴 시간을 어떻게 기다려요?"

"다행히 위대한 마법사는 걸음이 빠르단다. 지켜보는 이가 있으면 그 앞에서는 조심조심 천천히 걷지만, 보지 않으면 어느새 저만큼 가 있는 분이지. 그러니까 신경쓰지 않으면 시간은 금방 가는 거야. 지금도 막 가잖아. 이십육 년이 길어 보이는 건 네가 아직 어리기 때문이야. 걱정 마, 시간은 껑충껑충 뛰어가니까. 어떤 때는 날아가기도 해."

한나는 그 자리에 주저앉아 울음을 터트렸다. 여섯 살 어린 유령의 울음을 달이 무심히 내려다보고 있었다. 숲에서 부엉이가 울었다.

"아, 딴 데 가서 울라니까!" 고양이 마거릿이 소리를 내질렀다.

마틴이 어둔 창밖을 바라보고는 수첩을 접으며 말했다.

"마침내 한나가 구출되었네요. 그런데 아까 헬렌 이야기를 들으면서 마음이 조금 아프더군요. 제게도 어린 시절에 그런 친구가 하나 있었거든요. 제겐 오래전 일이긴 합니다만……"

"그렇지요. 모든 어제는 아프지요. 다시 갈 수도, 어쩌해 볼 수도 없으니까."

마틴이 시계를 쳐다보았다.

"피터의 이야기를 듣다보니 밤이 너무 깊었습니다. 이야기를 마저 듣고 싶지만 피터가 힘드실 거 같아서…… 제가 오늘은 너무 오래 피터를 괴롭혀드린 것 같습니다."

"아니오, 아니오." 피터는 손사래를 쳤다. "옛날 일을 얘기하는 게 쉽지는 않지만 괴롭지도 않소. 언젠가 한번은 누군 가에게 들려주고 싶었던 이야기이기도 하니까."

"그렇다면 다행입니다. 나이 드신 분을 매일같이 찾아와 괴롭혀드리는 것 같아 미안한 마음이었습니다. 내일 뵙겠 습니다."

피터는 고개를 끄덕이며 마틴을 따라 밖으로 나왔다. 유 령의 시간, 유령의 마을에 반달이 은은한 빛을 뿌리고 있 었다.

다섯째 날 ──────

누구든 자기 지옥을 안고

살아가는 거지

켄트가 공원묘지에 다시 나타난 건 새해 첫날, 해 질 무렵이었다. 불과 대엿새 만에 그는 완전히 다른 사람이 되어 있었다. 폭삭 늙은 몰골이었고, 먼짓가루 풀풀 날리며 무너진 짚더미 같았다. 그의 긴 갈색 외투에는 흙과 오물이 묻어 있었다. 그동안 한 번도 씻지 못했는지 길고 검은 머리카락은 떡이 져 있고 눈에는 눈곱이 덕지덕지했다. 그는 공원 벤치에 앉아 흘러내리는 콧물을 손으로 훔치며 연신 중얼거렸다.

"미안해, 필리파. 미안해." 켄트는 떡 진 머리카락을 두 손으로 감싸쥐며 말했다. "맞아, 맞아, 그랬어. 내가 그랬어. 하지만 너를 짓밟으려던 건 아니었어. 겁만 주려 했어. 네 곁에 뛰어내리려 했어. 그런데 네가 뻗은 손에 내 발이 걸려 네 몸 위로 넘어지면서 사고가 난 거야. 이건 믿어줘. 사실이야."

피터는 그런 켄트를 의아한 눈으로 바라보았다. 켄트에게 무슨 일이 있었는지, 그가 무슨 말을 하고 있는 건지 알 수 없었다.

"켄트……"

피터가 그를 불렀다. 그에게 말을 건네고 싶었지만 입이 쉬 떨어지지 않았다. 켄트가 고개를 들고 멍한 눈으로 피터를 바라보았다.

"죄송합니다. 죄송합니다. 잠깐만 앉아 있다 가겠습니다. 죄송합니다." 켄트는 피터에게 고개를 주억거리며 중얼거렸다. 그는 피터를 알아보지 못했다. 그러고는 이내 허공을 바라보며 말했다. "무서웠어, 필리파. 무서워서 그랬어. 네가 임신한 줄은 상상도 못했고. 잘못했어. 용서해줘."

켄트는 이따금 두 팔로 자기 몸을 감싸안고 부들부들 떨었다.

"켄트, 괜찮아요? 따뜻한 차라도 마실래요?"피터가 말했다.

그때 고양이 마거릿이 느릿느릿 다가오며 말했다.

"춥기도 하겠지만, 접신이 되어서 그래. 따뜻한 차를 아무리 마셔도 해소가 안 되지. 내버려둬, 이자가 치러야 할 업보야."

"접신요?"피터가 물었다.

"응, 차가운 늪에 버려진 유령이 둘이나 이자에게 붙어 있어. 떼어낼 수 없어. 유령들이 이미 이자의 영혼을 깊이 잠식했어."마거릿은 담담하게 말하고는 켄트의 눈을 들여다보았다. "필리파와 하코바, 너희도 참 독하구나. 그만하면 충분하지 않니?"

마거릿은 말을 마치고 천천히 걸어가며 피터에게 따라오라고 고갯짓을 했다.

"피터가 도와줄 수 없는 일이야. 저자는 날 모르지만 나는 저자를 잘 알아. 저자에게 붙어 있는 유령들과 대화한 적도 몇 차례 있었으니까."

마거릿은 자신이 알고 있는 켄트의 이야기를 간단하게

피터에게 들려주었다.

　십수 년 전 일이었다. 필리파는 켄트의 아이를 임신했다는 걸 알고 기쁜 마음에 켄트의 집에 찾아갔다가 자신의 절친인 하코바가 켄트와 알몸으로 침대에 있는 걸 보고 충격을 받았다. 그냥 돌아서서 집을 나와 한동안 거리를 걷던 그녀가 다시 켄트의 집에 찾아간 건 그가 없이는 살아갈 수 없을 것 같아서였고 뱃속의 아기를 생각해서였다. 켄트도 하코바도 그녀에게 미안한 마음일 거라고 생각했고, 진심으로 사과하면 받아줄 마음이었다.

　"거기서 그쳤더라면, 그냥 집에서 나왔을 때 저자를 떠났더라면 좋았을 텐데…… 인간의 미련이란 게 그리 간단치가 않지. 인간은 쉬 변하지 않는데 말야. 변할 거라 기대하지 말고, 다른 놈을 잘 골라서 만나면 되잖아. 안 그래?" 마거릿은 차갑게 말했다.

　다시 찾아간 필리파에게 하코바는 독설을 내뱉으며 모욕했고 켄트도 그에 동조했다. 그들의 말에 필리파는 제정신이 아니었다. 흥분한 필리파는 마침 식탁에 놓인 과도를 들고 침대에 뛰어올라갔다. 켄트는 침대에 뛰어든 필리파를 발로 걷어찼고, 침대 아래로 굴러떨어진 필리파를 향해 뛰어내렸다. 본능적으로 내뻗은 필리파의 손에 발이 걸린 켄트는 필리파의 몸 위로 넘어졌고, 손에 들린 과도가 그녀의 가슴에 박혔다. 순식간에 벌어진 일이었다. 필리파의 죽음에 겁을 먹고 도망치려는 하코바를 붙잡고 켄트는 매달렸다. 하코바 앞에 무릎을 꿇고 빌며 설득했다. 켄트는 한순간의 실수로 자신의 생을 망가뜨릴 수 없다고 생각했다.

"그게, 그 생각이 지옥의 문을 연 거지. 지옥이 멀리 있지 않아. 누구든 자기 지옥을 안고 살아가는 거지. 그 문을 여느냐 아니냐의 차이가 있을 뿐. 저자는 자기 지옥의 문을 연 자야."

켄트에게 설득된 하코바는 그를 도와 어릴 적부터 친구였던 필리파의 시신을 트렁크에 싣고 도시 근교의 늪으로 차를 몰았다. 갈대숲에 싸인 그 늪은 철새 도래지여서 철새들의 울음소리로 가득했다. 필리파의 시신을 늪에 던지고 돌아서자마자 켄트는 하코바의 머리를 돌로 내리쳤다. 그는 어둡고 차가운 늪에 자신의 죄를 완벽하게 묻어버리고 싶었다. 새들이 어둔 하늘을 선회하며 날카로운 울음을 떨구었다.

마거릿의 말을 들으며 피터는 뒤를 돌아보았다. 켄트는 여전히 몸을 떨며 연신 중얼거리고 있었다.

"언제나 내 곁에 있었다니까 알 거 아냐. 나 다 잃어버렸어. 그날 이후 다 망하고 모든 걸 잃었다고. 나 거지야, 거지…… 죽지 못해 살고 있다고. 날 데려가." 켄트의 떨리는 몸 위로 어둠이 내리고 있었다.

"하코바가 입이 없는 유령인가요?" 피터는 한나에게 들었던 말을 떠올리며 물었다.

"응, 하코바는 입이 없지. 켄트에게 죽임을 당하고 늪에 내던져진 뒤 하코바는 필리파가 임신중이었다는 걸 알았어. 유령이 되어서야 알게 된 거지, 자기가 무슨 짓을 했는지."

마거릿은 말했다, 늪 위를 떼 지어 나는 철새들의 울음소리와 늪 속에 던져진 유령들의 비탄으로 그 밤의 늪은 소란스러웠고 늪 주변의 갈대는 그 밤 내내 서걱였다고. 그리고 하코바는 자신을 저주했다. 켄트에게 빠져 오랜 친구를 배신하고 독설을 내뱉은 자신의 입을 꿰매고 또 꿰맸다.

"어떤 흑마술의 저주보다 강력하지. 자기가 자기에게 내리는 저주라는 게…… 결국 하코바의 입이 흔적도 없이 사라졌으니까."

"하코바가 필리파에게 했다는 독설은 무엇이었을까요?"

"글쎄, 모르지. 하코바는 입이 없어 말하지 못하고, 필리파는 말을 안 해. 필리파에겐 아직도 아픈 상처인지 모르지. 말이 그렇게 무서운 거야. 지울 수 없고 잊을 수 없는 상처를 남기는 게 말이야." 마거릿은 말을 마치고 피터를 흘끔 바라보았다. "내가 오늘 말이 많았네. 피터 앞이라 그래. 피터가 비어 있어서 그래." 느릿느릿 걷던 마거릿이 갈림길에서 발걸음을 멈추고 어두운 하늘을 한참 바라보며 말을 이었다. "산다는 게 심연이야. 사람으로 태어나 사람으로 살기 어려워. 사람으로 죽기는 더 어렵지. 내가 다시 태어나고 싶지 않은 건 그 때문이야."

피터는 마거릿이 무엇을 바라보나 싶어 하늘을 올려다보았다. 저물어가는 하늘에 별들이 하나둘 돋아나고 있었다. 내가 비어 있다고? 비어 있다는 건 뭘까? 피터는 마거릿의 말을 생각했다. 사람으로 산다는 게 무엇이고 사람으로 죽는다는 게 무엇인지, 피터는 생각해보지 못했다. 그에게 생은 그저 주어진 것이고 그게 무엇인지 고민해본 적도 없었다. 별똥별 하나가 긴 꼬리를 그으며 떨어지고 있었다.

켄트는 몇 달 동안 공원묘지를 찾아와 중얼거리며 떠돌다가 나무들에 새순이 돋을 무렵 사라졌고 다시는 보이지 않았다.

마틴이 수첩에 메모하며 물었다.

"말씀대로라면, 오래전 일이긴 하지만 켄트의 살인이 어딘가에 미제 사건으로 분류되어 있겠군요. 필리파와 하코바 실종 사건으로 기록되어 있을지도 모르고요."

"모르지요. 나로서는 언제 어느 도시에서 있었던 일인지도 모르고, 유령들에게 들은 일이라 누구한테 말할 수도 없었지요." 피터가 말했다.

"제가 나중에 알아보겠습니다. 황당한 이야기로만 들었는데, 만약 사실이라면 끔찍한 사건이군요. 혹시 켄트의 소식은 그 뒤엔 듣지 못했나요? 자수를 했다든가……"

마틴이 진지한 표정으로 물었다. 그러고는 순간 미간을 좁혔다. 어느새 피터의 이야기를 사실로 믿고 있는 자신이

스스로 놀라웠다.

"그런 얘기는 듣지 못했어요. 다만 다른 노숙자들의 말로는 켄트가 완전히 미쳐서 도시의 광장들을 떠돌며 한동안 외치고 다녔다고 하더군요. 자기가 필리파와 하코바를 죽였다고 외쳤다는데, 아무도 귀기울이지 않았던 모양입니다. 한낱 미치광이의 흩어진 말이 되고 만 거죠."

"그렇군요. 그나저나 카타리나 이야기는 언제 나올지 모르겠군요. 저는 그게 궁금합니다만……" 마틴은 표정을 수습하고는 피터를 바라보았다.

"그렇지요, 그래요. 리즈와 카타리나가 돌아왔지요……" 피터는 와인 잔을 들어 한 모금 마셨다.

파리에서 휴가를 보낸 리즈와 카타리나가 돌아온 건 새해 셋째 날이었다. 리즈는 돌아오자마자 가게에 들러 수정 구슬을 바라보았다.

"한나야, 잘 지냈니? 그동안 푹 쉬었지? 엄마가 물 한잔 줄까? 한나야, 한나야!" 구슬에서 한나가 보이지 않자 리즈가 소리를 빽 지르며 찰스를 찾았다. "찰스! 찰스! 여기, 여기, 이 구슬이 어떻게 된 거야?" 리즈가 숨넘어갈 듯이 소리를 쳤다. "어떻게 된 거냐고?!"

찰스는 내심 당황했지만 표정을 수습하고 말했다.

"왜요? 수정구슬이 왜…… 뭐가 잘못되었나요?"

찰스는 이유를 알 수 없었다. 찰스는 그들 모녀가 휴가를 보내는 내내 이전에 있던 것과 똑같은 크기와 빛깔의 수정구슬을 찾아 도시의 보석상과 무구점을 헤집고 다녔다. 다행히 한 무구점에서 이전의 것과 같은 크기의 투명한 수정구슬을 찾을 수 있었다. 아무리 봐도 이전의 것과 다를 바 없는 수정구슬이었다. 돈은 좀 들었지만, 이것으로 사태를 수습했다고 생각했다. 지난 30일 밤의 일을 리즈에게 사실대로 말했다가는 무슨 일이 벌어질지 알 수 없었다. 그런데 휴가에서 돌아와 수정구슬을 보자마자 리즈는 사색이 되었다.

"무슨 소리야?! 이건 내 수정구슬이 아니야!" 리즈는 자기 머리를 쥐어뜯으며 화를 내다가 급기야 수정구슬을 들어 바닥에 내던졌다. 수정구슬이 산산조각 부서졌다. "저봐, 저렇게 힘없이 산산조각나잖아. 내 수정구슬 어딨어?

내 수정구슬 어딨냐고?!" 리즈는 찰스의 멱살을 두 손으로 붙잡고 미친듯이 흔들었다.

리즈의 비명과 고함 소리에 카타리나가 내려와 가게에 들어왔다.

"엄마, 무슨 일이야, 응? 무슨 일인데 그래?" 카타리나가 놀라서 리즈를 바라보며 묻다가 방바닥에 깨진 수정구슬을 보았다. "어, 수정구슬이 왜 이래? 누가 깨뜨렸어? 찰스가 깨뜨린 거야?"

찰스는 리즈에게 멱살을 붙잡힌 채 울상을 지으며 카타리나를 바라보고는 고개를 저었다.

"바른대로 말해. 바른대로 말 안 해? 내 수정구슬 어딨어?" 리즈는 찰스의 멱살을 흔들며 소리쳤다.

카타리나는 영문을 모르겠다는 표정으로 깨진 수정구슬과 리즈를 번갈아 바라보았다.

"엄마, 이 수정구슬은……?"

"그건 내 수정구슬이 아니라니까!" 리즈는 소릴 지르고는 혼절하듯이 바닥에 주저앉았다. 방 밖에서 지켜보던 여직원이 물을 가져와 내밀자 리즈는 물잔을 찰스에게 내던

지며 소리쳤다. "내 수정구슬 가져와! 너나 다른 사람한테
는 아무짝에도 쓸모없는 구슬일 뿐이야!"

찰스는 겁에 질린 표정으로 주춤주춤 물러나 방 밖으로
나왔다. 리즈가 따라 나와 찰스를 붙잡았다. 리즈는 찰스를
붙잡고 소리지르고 사정도 하고 달래며 수정구슬의 행방
을 물었다. 돈이 필요하면 돈을 주겠다고 통사정도 했다. 찰
스는 마음을 다잡고 잡아떼었다. 아무래도 그게 무언가 다
른 특별한 구슬이었던 모양이라고 찰스는 생각했다. 그렇
다면 더더욱 입을 다물어야 했다. 이곳에서 쫓겨나는 한이
있어도 도난의 책임을 뒤집어쓸 수는 없었다. 찰스는 자기
는 도무지 알 수 없는 일이라고 고개를 숙이고 말했다. 리
즈가 여직원에게 경찰을 부르라고 말하자, 찰스는 긴장했
지만 안간힘으로 차분하게 말했다.

"잠깐만 진정하시고 생각해보세요. 연휴 기간에 가게에
아무 일도 없었다는 것은 금고가 증명하고 있습니다. 도둑
이 들었다면 금고의 돈을 훔쳐갔을 거예요. 만약 수정구슬
을 훔치러 왔다면 책장에 있는 저 많은 수정구슬을 두고 갔
을까요? 여사님이 뭔가 잘못 생각하시는 게……"

"아니야, 아니야!" 리즈가 고개를 흔들며 소리쳤다.

"엄마, 좀 진정하고…… 이건 찰스 말이 맞는 거 같아."

리즈는 여직원에게 오늘은 영업을 못하니 가게 문을 닫으라고 하고, 직원들을 불러 하나하나 캐묻기 시작했다. 그러고는 다시 찰스를 붙잡아 어르고 달래며 묻고, 직원들을 다시 하나하나 불러 묻기를 반복했다. 이윽고 저녁나절이 되자 완전히 지쳐 파김치가 된 리즈를 카타리나가 부축해서 오층 집으로 데려가 침대에 눕혔다.

혼절하듯이 잠에 떨어진 리즈가 놀라서 일어난 것은 자정 무렵이었다. 머리맡에 한나가 서 있었다. 한나는 온통 젖은 머리카락을 늘어뜨리고 사나운 눈으로 리즈를 내려다보고 있었다.

"한나니? 어디 갔다 온 거니? 그런데 왜 여기? 수정구슬을 나온 거니? 아니, 네가 어떻게……"

리즈는 놀라서 벌떡 일어났다. 꿈이었다.

한나는 침울한 표정으로 리즈의 방을 나섰다. 20년이 넘도록 리즈를 보았고 무서워했다. 그런데 잠이 든 리즈의 얼굴은 무섭지 않았고 낯설기까지 했다. 엄마라고 부르고 한

때는 사랑을 갈구했던 사람, 모든 것을 쥐고 흔드는 무서운 사람이라 여겼던 리즈가 아주 작고 나약한 존재로 느껴졌다. 그건 왠지 슬픈 느낌이었다.

묘지로 돌아온 한나는 피터를 만나러 관리실을 찾았다가 그냥 돌아섰다. 다른 여인이 와 있었다. 사흘 전부터 유령마을의 여인들은 유령의 시간에 하나둘씩 피터를 찾아가 자기 사연을 얘기하며 밤을 보냈다. 피터에게 소소한 것을 부탁하는 여인도 있을지 모르지만, 그보다는 그와 보내는 시간이 좋아서일 것이다. 소통할 수 있는 인간이라는 것만으로도 피터는 유령들에게 충분히 매력적인 존재였다. 게다가 피터는 잘생긴 용모를 가진 젊은 남자였다. 피터가 귀찮아하지 않을까, 한나는 생각했다. 피터에게 그 소통의 문을 열어준 건 다름아닌 한나 자신이었으니까. 피터가 맑은 영혼을 가져서 가능하기도 했지만 닫혀 있는 문에 열쇠를 꽂고 돌린 건 한나였다. 문은 열렸고, 유령마을의 여인들은 그 문을 드나들었다.

마틴 브레스트 형사는 메모하던 볼펜으로 자기 이마를

톡톡 치더니 피식 웃으며 피터를 바라보았다.

"유령여인들의 방문이 귀찮지 않으셨나요? 피터를 찾아온 유령이 한두 명도 아니고 수십 명이었다면서요. 귀찮은 정도를 넘어서 힘드셨을 수 있을 것 같은데요."

"나는 친구가 없었다오. 태어나서 한 번도 친구를 가져보지 못했지. 인간 친구라고는 릴리뿐이었어요. 그러니 누군가가 나를 찾아와 자기 얘기를 들려주는 게 내겐 색다른 경험이었소. 처음엔 하나의 얘기를 듣는 게 힘들고 괴로웠지만 그 뒤론 그렇게 힘들지 않았지요. 뭐든 처음이 힘든 거라고 하지 않소."

"지난번 말씀하셨던 조안나는 친구가 아니었나요? 변신한 릴리의 모습을 보고 떠올렸다는 분 말입니다. 어린 시절의 친구라고 들은 것 같습니다만……"

"아, 조안나……"

피터는 눈을 감았다. 조안나를 떠올리면 플루트가 함께 떠오른다. 어린 시절 조안나는 늘 플루트를 가지고 다니는 소녀였다. 루퍼트와 그의 친구들에게 시달리는 피터를 조안나가 도와준 적이 있었다. 학교 수업이 끝나고 귀가하던 길에 루퍼트 일행에게 붙잡혀 산타나 공원 후미진 곳에서 맞고 있을 때였다. 갑자기 조안나가 나타났다.

"너희 여기서 뭐하는 거니?"

조안나는 처음에는 영문을 몰라 놀란 표정이었다. 피터와 루퍼트를 번갈아 바라보던 조안나의 표정이 점점 굳어져갔다. 조안나는 루퍼트 일행을 하나하나 무섭게 쏘아보며 당장 그만두지 않으면 학교에 가서 선생님을 불러오겠다고 말했다. 친구들에게 사랑받고 공부도 잘하는 조안나를 루퍼트는 무시하지 못했다. 루퍼트가 재수없다는 듯이 땅바닥에 침을 탁 뱉고는 실실 웃으며 일행을 데리고 떠나자 조안나는 피터를 위로했다.

"피터, 어디 다친 데는 없니? 아까 보니까 루퍼트가 발로 차던데……"

피터는 푹 숙인 고개를 저었다.

"피터야, 고개 숙이지 마. 네가 잘못한 거 없고 부끄러울 것도 없어. 약한 사람이나 괴롭히는 나쁜 놈들인데, 뭐." 조안나는 피터의 등을 두드리며 말했다. "나 지금 플루트 연습하러 온 길인데, 네가 한 곡 들어줄래?"

피터는 뭐라고 대답해야 할지 몰랐다. 그저 멍하니 조안나를 바라보자, 조안나가 피터의 팔을 잡고 벤치에 앉혔다.

"자, 여기 편하게 앉아서 들어줘."

그때 조안나가 연주곡 이름도 말해주었지만 기억나지 않는다. 조안나가 피터 앞에 서서 플루트를 불기 시작했지만 피터는 연주를 감상하지 못했다. 피터는 빨리 그 자리를 벗어나고 싶었고, 조안나의 시선에서 벗어나고 싶을 뿐이었다. 자기가 조안나의 시간을 뺏고 있는 게 아닌가 싶어 불편하기도 했다.

"나, 나 집에 가야 하는데……" 한 곡이 끝나자마자 피터가 겨우 말했다.

"그래, 어서 가. 아이들이 또 괴롭히면 선생님께 말씀드려. 아님 나한테 말해. 내가 선생님한테 말할게. 알았지?"

피터는 고개를 끄덕였지만 한 번도 그런 적은 없었다. 루퍼트 일행에게 당하는 게 괴롭고 힘들었지만 다른 문제를 일으키고 싶지 않았고 그럴 용기도 없었다. 조안나에게는 더더욱 그걸 알리고 싶지 않았다. 그날 조안나의 연주가 끝나고 난 뒤 박수를 쳐주지 못한 게 오랫동안 피터의 마음에 걸려 서걱일 뿐이었다.

그날 그의 팔을 잡아 벤치로 이끌던 조안나 손의 감촉을 기억한다. 플루트를 연주하던 조안나의 모습을 기억한다. 핑크색 반팔 티셔츠와 무릎께에서 흔들리던 검정 스커트, 하얀 발목에 내비치던 푸른 핏줄도 기억한다.

조안나의 가족묘가 이곳에 있다. 그래서 그녀를 이따금 볼 수 있었다. 그녀의 할머니가 죽었을 때, 아버지가 죽었을 때, 어머니가 죽었을 때, 그녀는 공원묘지에 왔고 그때 마다 관리실에 들러 피터에게 안부를 물었다.

"이거 피터 주려고. 내가 만든 거야." 아버지의 장례를 마치고 돌아가는 길에 관리실에 들른 조안나는 음식이 든 찬 합을 건네며 말했다. "좀 챙겨 먹도록 해. 지난번 할머니 장례식 때 보았을 때보다 많이 야윈 거 같아."

피터는 그 음식을 매일 조금씩 아껴서 사흘을 먹었다.

세월이 흘러 어머니의 장례를 치르고 들른 날, 그녀의 곁에는 남편과 아이들이 서 있었다. 일곱 살이 된 딸과 다섯 살 아들이었다. 조안나는 남편과 아이들을 소개해주었다. 남편은 좋은 사람 같았고, 아이들은 조안나를 닮아 다정하고 맑은 인상이었다. 특히 딸은 피터가 기억하는 어린 시절의 조안나를 쏙 빼닮았다.

"엄마가 돌아가셔서 아무 정신이 없었어. 피터 생각을 못했네." 그녀는 봉투 하나를 내밀었다. 피터가 괜찮다고 사양하자 그녀가 피터의 손에 쥐여주며 말했다. "우리 엄마 잘 부탁해. 내가 멀리 살아서 자주 못 올 거니까, 울 엄마 기일에 혹 생각나면, 피터가 꽃 한 송이 놓아드리면 좋겠어."

그녀는 말을 잇지 못하고 숨을 삼켰다. 딸아이가 그녀의 팔을 잡았다. 피터는 조안나의 어머니 기일을 달력에 표시해두고 매년 꽃을 사다가 묘석에 놓았다.

그리고 15년이 흐른 뒤, 그녀가 왔다. 장례식이 예정되면, 하루나 이틀 전에 묘지관리실로 연락이 오는데, 사망인 난에 그녀의 이름이 적혀 있었다. 피터는 그날 검은 상복을 꺼내 입었다. 할아버지의 장례식 이후 다시 입을 일이 있을까 싶었던 옷이었다. 향년 53세, 아직 이른 나이에 그녀가 죽었다. 피터는 장례식에 참례하고 그녀의 남편과 이제는 장성한 딸과 아들에게 조의를 표했다.

영정사진 속의 조안나는 청초한 모습으로 밝게 웃고 있

었다. 피터가 기억하는 어린 시절의 모습은 찾을 수 없었고, 이후에 장례 때마다 보았던 슬픔에 잠긴 모습도 아니었다. 그러고 보니 어린 시절 이후로 피터가 본 조안나는 늘 검은 상복 차림이었고 슬픔에 잠긴 얼굴이었다.

조안나가 슬프다고 막연히 생각했던 것은 그래서였을 것이다. 그녀를 생각하면 늘 슬펐던 건 아마도 그래서였을 것이다. 장례가 끝나고 사람들이 돌아간 뒤에도 피터는 조안나의 가족묘 앞을 떠나지 못했다.

붉은 노을이 지고, 땅거미가 깔리고, 밤이 내리고, 달이 떴다. 피터는 가족묘의 문을 열고 들어가 조안나의 관을 어루만졌다. 오십대 중반에 이르도록 피터는 누구를 사랑한 적이 없었다. 누구와 사랑을 나눈 적이 없었다. 피터는 조안나의 무거운 관뚜껑을 힘겹게 열었다. 조안나는 하얀 드레스를 입고 두 손을 가지런히 가슴에 포개고 누워 있었다. 피터는 그녀 앞에 서서 박수를 쳤다. 어린 피터가 어린 조안나에게 보내는 박수라고, 그는 나직히 말했다. 그러곤 한참 서서 바라보다가 관뚜껑을 닫으려는데, 무언가가 그의 안에서 일렁이더니 목줄기를 타고 올라왔다. 그는 그녀의 창백한 얼굴에 손을 가져다 댔다. 차가웠다. 그녀의 오뚝한 코를 만졌다. 아무 숨결이 없었다. 그녀의 메마른 입술을 만졌다. 푸르게 빛나던 그녀의 눈은 감겨 있었다. 그는 감긴 그녀의 눈에 입술을 가져다 댔다. 울음이 터져나왔다. 무릎이 절로 꺾였다. 피터는 무릎을 꿇고 앉아 숨을 막으며 터져나오는 울음을 울었다. 어린 시절 이후 한 번도 울음을 터트린 적이 없다는 것을 그는 그때 깨달았다.

"그때가 몇 년 전이죠?" 마틴 형사가 차갑게 물었다.

피터는 까막까막 계산해보고는 말했다.

"십일 년인가…… 십이 년 전이지요."

"사자에 대한 모욕죄로 처벌받을 수 있는 행위입니다."

"처벌은 달게 받을 수 있습니다. 그건 나도 예상치 못했던 행동이었지요. 그 일로 내 목숨을 잃는다 해도 그렇게 했을 겁니다. 그때는 그렇게 하지 않으면 숨이 막혀 죽을 것 같았으니까요. 왜지 알 수 없는 마음이었어요."

"굳이 말하지 않아도 되는 일까지 말씀하셨으니…… 그건 제가 못 들은 것으로 하겠습니다." 마틴은 표정을 가다듬으며 잠시 침묵을 지켰다. "그러니까 조안나씨와는 친구랄 순 없고, 피터 혼자 마음에 두셨던 거군요."

"그랬던 모양이오." 피터는 창밖으로 눈을 주었다. 바람이 부는지 나뭇가지가 흔들리고 있었다. "나도 모르는 사이에 그녀를 오래 마음에 두고 있었나봅니다."

혼자 살아왔다고 생각했는데, 아니었다. 언제나 가슴속에 조안나가 있었다. 그의 가슴 아래를 졸졸 흐르는 아주 작은 시냇물처럼. 그 물이 넘친 적도 없지만 마른 적도 없었다.

"누군들 가슴속에 새겨진 누구 하나 없는 사람은 없겠지요……" 마틴은 고개를 끄덕였다. "오늘은 카타리나의 실종에 관한 이야기를 들을 수 있을까요? 저는 오늘쯤이면 그 이야기가 나오지 않을까 기대하고 왔습니다만……"

피터는 와인을 천천히 따라 한 모금 마시고 마틴을 바라보았다.

"한잔 안 하려오? 목이라도 좀 축이시지."

"근무중에는 마시지 않지만, 권하시니 한잔하겠습니다. 사실은 조안나의 이야기를 들으며 술이 당기던 참이었습니다."

피터는 미소를 지으며 일어나 와인 잔을 꺼내 마틴에게
와인을 따라주었다. 마틴은 와인을 맛있게 마셨다.

"오늘은 술도 마셨고 시간도 되었으니 이만 일어나겠습
니다. 내일은 카타리나 사망 사건에 대한 이야기를 들을 수
있기를 기대하겠습니다." 마틴이 일어서며 말했다.

피터는 말없이 고개를 끄덕였다. 창밖을 보니 그새 노을
이 지고 있었다. 노을이 시간의 형상인지도 모른다고 피터
는 생각했다. 모든 것을 불사르는 시간의 얼굴.

피터는 책상에 놓인 작은 종을 들고 밖으로 나섰다. 그는
종을 흔들며 천천히 걸었다. 묘지에 있던 사람들이 하나둘
씩 자리를 뜨기 시작했다. 공원묘지를 한 바퀴 도는 데만도
이제 한 시간이 걸렸다. 기력이 다해서 걸음도 느려지고 이
따금 서서 한숨을 돌려야 했다. 입구를 향해 천천히 걷는
피터의 눈에 백발의 노숙자가 눈에 들어왔다. 지난해부터
이따금 보이던 이였다. 작은 종을 흔들며 다가가자 그가 벤
치에서 일어서서 다가왔다.

"이보게, 피터. 나 몰라보겠는가?" 노인이 피터를 바라보며 물었다.

피터는 미간을 좁히며 그를 바라보았다.

"뉘신지……?"

"루퍼트일세. 어릴 적 자네를 무던히도 괴롭히던 루퍼트 존슨…… 기억 안 나는가?"

불현듯 어린 시절의 루퍼트가 떠올랐다. 묘지에 사는 피터에게서 시체 냄새가 난다고 놀리고 주머니를 뒤져 돈을 빼앗아가던 그였다. 피터를 놀리고 괴롭히던 많은 아이가 있었지만 그들의 리더는 루퍼트였다.

"알지, 루퍼트. 그런데 자네가 루퍼트라고?" 피터는 놀라서 되물었다. 어린 시절 루퍼트의 집은 그렇게 부유하지도 않았지만 그렇다고 가난하지도 않았다. "아, 루퍼트로군, 루퍼트……" 피터는 말을 잇지 못했다.

"그래, 루퍼트야. 괜찮다면 자네와 잠깐 얘기 좀 나누고 싶은데…… 괜찮겠나?"

피터는 고개를 끄덕이며 그에게 기다리라고 말하고는 입구로 가서 공원묘지의 커다란 철문을 닫고 자물쇠를 채웠다.

둘은 벤치에 나란히 앉았다. 땅거미가 지고 있었다. 루퍼트는 그동안 살아온 이야기를 담담하게 들려주었다. 삼대 독자로 태어나 가업인 주물공장을 이어받았으나 망하고, 결혼했으나 이혼하고, 이 도시를 떠나 홀로 타지에서 이 일 저 일 닥치는 대로 하다가 몸을 다쳐 그마저도 못하게 되었다는 이야기를 남의 이야기 하듯이 했다. 다른 도시에서 노숙자로 지낸 세월도 적잖았다고 말하며 그는 허허롭게 웃었다.

"힘든 세월이었겠구먼." 피터가 말하자 그는 손을 내저었다.

"아니, 아닐세. 진짜 힘든 세월은 젊은 시절에 다 살았다네. 아버지가 돌아가신 후 공장을 이어받아 사업을 확장한다고 빚을 많이 냈지. 그러다가 판로가 막히면서 아주 힘들었어. 빚 독촉보다 힘든 건 세상에 없을 걸세. 술에 의지해 살았다네. 알코올중독에 이른 건 어쩌면 필연이었지. 보다 못한 아내가 곁을 떠난 뒤 몇 차례 모진 목숨을 내 손으로 끊으려 했네."

"그랬군. 한잔할 텐가?"

"좋지. 독주가 있으면 더 좋겠고."

피터는 오래전 릴리가 들고 온 보드카가 떠올랐다.

"있네. 보드카가 한 병 있어. 가세."

릴리는 그날 이후 공원묘지에 오랫동안 오지 않았다. 그녀가 다시 공원묘지를 찾아온 건 그 일이 있고 20년도 더 지난 뒤였다. 보드카를 손에 들고 찾아온 사십대의 릴리는 자신의 지난날을 얘기하며 밝게 웃었다. 이전의 릴리에게선 볼 수 없던 표정이었다. 이전의 릴리도 자주 웃긴 했지만 그렇게 충만한 웃음은 아니었다. 그때 유령들과의 이틀밤을 보낸 뒤 릴리는 트라우마 치료를 위한 연극교실을 다니다가 연기자가 되었다며 웃었다. 10여 년 전에 미국으로 건너가 뉴욕에 살면서 활동하고 있다며, 그날 유령들과 함께한 2박 3일이 자신을 치유해주었노라고 그녀는 말했다. "나는 내가 싫었거든. 나를 지우고 싶어서 염색도 하고 타투도 하고 나중엔 약도 했지. 그때 한나를 돕기 위해 변신한 모습이 사실은 내 본래 모습이었어. 내가 그토록 싫어하던 모습……" 어린 시절부터 계부에게 당한 성폭행의 기억을 잊기 위해 약쟁이와 노숙자로 지냈던 젊은 날을 솔직하게 고백한 일로 그녀는 꽤 유명 인사가 되었지만, 티브이와 신문을 보지 않고 사는 피터는 처음 듣는 이야기였다. 릴리는 그럴 줄 알았다며 박수를 치며 웃었다. "피터를 잊지 못했어. 어떻게 잊겠어. 한나와 마거릿과 다른 유령들과 함께한 시간이었는데. 배우가 되고 인터뷰에서 약쟁이 노숙자 시절은 얘기할 수 있었지만, 그 겨울의 사흘은 얘기하지 못했어. 아무도 믿어주지 않을 게 뻔하기도 했지만, 행여 피터의 이 온전한 고독이 깨질지도 모른다는 걱정도 들었거든." 릴리의 말을 들으며 피터는 고개를 끄덕였다. 온전한 고독이라…… 내가 고독한가 하는 생각이 들었다. 피터는 스스로 고독하다고 생각해보지 못했다. 다행히 릴리는 그 2년 뒤 이곳에서 있었던 카타리나 사망 사건은 알지 못했다. 마침 옆 도시에 촬영이 잡혀서 들렀노라고 말하며 릴리는 일어섰다. "보드카도 잊지 못했어. 그날 마신 보드카가 아니었더라면, 나는 유령들을 만나지 못했을 테고, 아마 지금도 약쟁이 노숙자일지 모르지. 그때 내가 마신 보드카보다 훨씬 좋은 거야. 피터가 마시지 않는 술이지만, 왠지 여기 가져다두어야 할 거 같아서. 혹 보드카가 필요한 다른 누가 있을지도 모르잖아."

그 술을 어린 피터를 괴롭히던 루퍼트가 마시게 될 줄이야, 늙은 피터는 생각하면서 루퍼트의 잔에 보드카를 가득 따랐다.

"괴로운 날들이었지." 보드카를 달게 한 모금 마시고 루퍼트가 말했다. "죽자고 생각하니, 자네 생각이 나더군. 피터가 일하는 묘지에 가겠군, 하고." 루퍼트는 다시 잔을 기울여 한 모금 마셨다. "하지만 질긴 게 목숨이라고, 차마 죽지 못하겠더군. 그렇다고 살자니 희망은 전혀 없고. 그때 매일같이 죽음을 코끝에 걸어두고 내가 생각한 게 뭔지 아나?"

피터는 와인을 마시며 고개를 저었다.

"모르지. 난 죽음을 생각한 일이 없다네. 죽음이 늘 곁에 있어서 그런지도 모르지."

"그거 재미있군. 죽음은 그런 것인지도 모르겠네. 아니, 세상 모든 게 그럴지도 모르겠어. 그게 무어든 일상이 되면 보이지 않지. 소중한 것이든, 무서운 것이든."

"그런데 그게 뭔가? 죽음을 코끝에 걸어두고 살던 그때 자네가 생각했다는 게."

"못 구멍 세 개." 루퍼트는 잔을 털어넣고 나서 짧게 말했다. 그러고는 자신의 빈 잔에 보드카를 따르며 물었다. "이거 내가 다 마셔도 되나?"

"물론이지. 자네를 위한 술이었나보네. 나는 독주를 못 마시네." 피터가 말하고는 물었다. "그런데 못 구멍 세 개라니, 그건 또 무슨 말인가?"

"응, 못 구멍 세 개를 생각했지. 죽고 싶을 만큼 괴로운 날, 이미 내가 죽었다고 생각했네. 죽어서 관에 들어가 있다고. 그 관짝에 못 구멍 세 개가 뚫려 있어서 그 구멍으로 세상을 바라본다고 생각했어."

"그러면 좀 낫던가?" 피터가 웃으며 물었다.

"응, 숨이 쉬어지더군. 숨쉬는 게 얼마나 큰 행복인지……"

그렇게 살았다고 루퍼트는 말했다. 파산신고를 하고, 이 도시를 떠나 다른 도시를 떠돌면서 공사장 인부로 일하다가 추락 사고를 겪고는 노동도 할 수 없는 몸이 되고, 그럭저럭 남은 돈으로 살다가 노숙자로 지내게 된 이후에 비로소 행복을 느낀다고.

"노숙자가 그렇게 좋은가? 세상 근심 걱정은 없을 거 같긴 하네만. 나도 한때 이곳을 떠나 노숙자로 살까 생각한 적이 있었네."

"하하, 무슨 소리. 노숙자라고 해서 근심 걱정이 없겠나. 쉼터의 옆자리 노숙자와의 불화 때문에 걱정하기도 하고, 쉼터 직원의 태도에 분개하기도 하고, 이런저런 불만과 불평과 걱정이 끝이 없지." 루퍼트는 웃으며 잔을 기울였다.

"그런데 행복하다며?"

"행복하지. 노숙자라고 해서 근심 걱정이 없지 않네만, 그 크기가 좀 다르지. 작은 근심 걱정을 안고 사는 게 행복이라네."

어느새 창밖이 어두워졌다. 유령의 시간이 가까워지고 있었다. 루퍼트는 마지막 술을 따르고는 빈 병을 들고 바라보았다.

"한때는 이걸 끊으려고도 했지. 그런데 목숨도, 술도 못 끊겠더군. 또 끊어서 뭘 하겠나 싶기도 하고." 그는 술잔을 들어 입에 털어넣었다. "이제 그만 가겠네. 지난해에 이 도시에 돌아와 여기 왔다가 자네를 보았네. 말을 걸지 못하겠더군. 오래전 어릴 적 일이네만 자네를 괴롭힌 게 떠올라서. 미안하네."

"별소릴…… 그게 언제 적 일인가. 그때는 괴로웠지만, 오래전에 이미 다 지나간 일이네."

"미안하고, 미안하네. 잘못했어." 루퍼트는 일어나서 고개를 깊이 숙였다. "그런데 그거 아나? 자네가 많이 달라 보인다는 거. 어릴 적에 내가 보았던 피터가 아니야. 많이 달라 보이네."

"아닐세. 나는 그때나 지금이나 바보 피터야. 그게 나는 좋아."

루퍼트는 휘청이는 걸음으로 묘지를 나섰다. 피터는 힘없이 걸어가는 늙은 그의 뒷모습을 잠시 바라보다가 묘지의 철문을 닫아걸었다.

오늘은 노을이
유독 붉군요

다음날 오후 마틴이 찾아올 시간이 될 때까지 피터는 침대에서 일어나지 못했다. 마틴이 부르는 소리에 겨우 일어나 문을 열어주며 피터는 쓴웃음을 지었다.

"이제 너무 늙었어요. 몸이 무겁군요. 예전에 링링에게 들은 말로는, 중국에서는 노인들이 늙은 몸을 낡은 옷이라고 한다더군요. 벗어두고 떠나야 할 낡은 옷. 그런데 내가 늙고 보니 이게 천근 짐 덩이구려. 내려놓을 때가 되었나보오. 허허."

"며칠 동안 제가 괴롭혀드린 탓이 아닌가 싶습니다." 마틴이 자리에 앉으며 말했다.

"아니오. 그런 생각 말아요. 나는 사실 마틴이 찾아와줘서 고맙다오. 그나저나 오늘은 묘지 청소도 못했군요. 하루쯤은 망자들도 이해해주겠지요?" 피터는 마틴을 바라보며 물었다.

"그럴 겁니다. 제가 망자의 마음은 모르지만요. 하하."

피터는 고개를 끄덕이고는 욕실에 가서 간단히 세수를 하고 마틴 앞에 자리잡고 앉았다.

"어제 어디까지 얘기했더라……" 피터가 눈을 감고 생각에 잠겼다.

"한나 유령이 수정구슬에서 나오고, 이듬해 1월 3일 카타리나 모녀가 파리에서 돌아왔습니다." 마틴 형사가 수첩을 들여다보며 말했다.

"아, 그랬지요. 그래요. 그러니까…… 그해는 별일 없이 지나갔어요. 나로서는 밤마다 여인들의 이야기를 들으며 세상 공부를 한 해라고 할 수 있을 거요. 아르헨티나에서 온 마리엘, 홍콩에서 온 링링에게서 먼 이국의 이야기도 들을 수 있었지요."

마리엘은 부에노스아이레스에서 미대를 마치고 유학 온

여인이었다. 밤에는 카페에서 일하며 대학에서 디자인을 공부하던 마리엘은 새벽 한시에 일을 마치고 택시를 타고 귀가하다가 변을 당했다. 택시 기사는 그녀를 인적 없는 숲으로 데려가 성폭행하고 살해했다. 그녀가 범인을 알아본 게 끔찍한 살인으로 이어졌는지도 모른다. 그녀가 죽은 지 보름이 지나서야 시신이 발견되었고, 경찰의 수사로 범인이 체포되었다. 범인은 한때 그녀와 함께 카페에서 일했던 청년이었다.

링링은 신혼여행을 왔다가 교통사고를 당해 병원으로 이송중에 죽었다. 그녀의 영혼은 영혼계로 인도하는 빛을 외면하고, 중상을 입은 신랑 곁을 지켰다. 신랑이 살아남기를 기도하면서도, 한편으로는 그도 죽어 영원히 함께하고 싶다는 마음도 들더라며 그녀는 쓰게 웃었다. 신랑은 두 차례의 수술 끝에 목숨을 건져 홍콩으로 돌아갔다. 그녀는 자신이 묻힌 이곳 묘지에 그가 한 번은 찾아와주지 않을까 하고 기다렸지만, 그는 오지 않았다.

피터의 이야기를 자르며 마틴이 말했다.

"여인들의 사연은 많겠지요. 제가 듣고 싶은 건, 그 이듬해 여름에 이곳에서 발생한 카타리나의 실종과 죽음에 관한 겁니다."

"그렇지요. 그래요. 여인들의 이야기는 그만하지요. 말씀대로 다들 사연이 많지요." 피터는 잠시 눈을 감았다. 그는 여인들의 사연을 하나하나 들려주고 싶었다. 모두 소중한 생이고, 안타까운 죽음이었다. "그해 유령마을은 별일이 없었지요. 하지만 리즈의 가게는 그렇지 못했어요."

한나는 크리스틴의 걱정에도 아랑곳하지 않고 리즈의 가게와 집에 자주 찾아갔다. 어찌 보면 한나로서는 그럴 수밖에 없었는지도 모른다. 여섯 살 이후 23년을 줄곧 수정구슬에 갇혀 지냈던 한나였다. 바람대로 지상을 떠나 영혼계로 갔다면 모를까, 그러지 못한 한나에게 리즈는 수정구슬 못지않은 또하나의 질긴 끈이었다.

리즈의 가게는 예전의 성가 덕에 한동안 유지가 되었지만 차차 손님이 줄어들었다. 이전에는 확신에 차서 말하던 리즈가 슬슬 눈치를 보아가며 말하는 걸 손님들은 즉각 알아차렸다. 리즈의 영빨이 떨어졌다는 소문이 돌면서 수입이 눈에 띄게 줄어들었다. 그동안 벌어둔 돈이 있으니 직원 수를 줄이고 그럭저럭 사는 데는 아무 걱정이 없었지만, 사람의 마음이 그렇지가 않으니 문제였다.

그렇게 한 해가 저물고 새해가 되었다. 고민하던 리즈가 봄부터 움직이기 시작했다. 리즈는 찰스만 남기고 모든 직원들을 내보냈다. 가게 영업도 일주일에 3일만 했다. 어차피 찾는 사람도 많지 않았다. 리즈는 25년 전처럼 다시 고아원을 찾아다니며 입양을 알아보았지만 이전과 같지 않았다. 리즈의 나이가 많고 딸아이도 있는데다가 예전에 입양했던 한나의 죽음 탓에 새로운 입양이 불가능했다. 리즈는 포기하지 못했다. 최고의 사이킥으로 불리며 손님들을 길게 줄 세웠던 이전의 성가를 잊을 수 없었다. 무슨 일이든 한 번이 어렵지 두 번은 쉬운 법이다.

찰스는 수정구슬의 비밀을 알고 싶어했다. 잃어버린 수정구슬이 여느 수정구슬과 다르다는 걸 확실히 알 수 있었다. 다행히 리즈는 아직 찰스에게 많은 걸 기대고 있었다. 점을 치는 걸 제외하고는, 가게를 운영하는 대부분의 업무를 그동안 찰스가 도맡아 해온 덕이었다. 그는 리즈의 일거

수일투족을 세세하게 관찰했다. 리즈는 새로운 수정구슬을 만들 것이고, 그 비밀을 알 수만 있다면 자기도 리즈처럼 될 수 있다고 생각했다. 그는 갑자기 리즈가 고아원을 다니면서 입양할 고아를 찾고 있다는 점을 주목했다. 거기에 무언가 있다고 감지했다. 수정구슬의 비밀과 고아에는 상관관계가 있었다.

리즈의 주위를 맴돌던 한나는 리즈가 또다시 고아를 찾고 있는 걸 보고 충격을 받았다. 아무것도 모른 채 새엄마에게 사랑받고자 했던 어린 시절이 떠올라 눈물이 쏟아졌다. 슬픔과 설움이 먼저였다. 그리고 이내 억누를 수 없는 분노가 치솟았다. 그날 밤 한나는 피터를 찾아왔다. 통통한 여인 질리언이 피터와 와인을 앞에 두고 대화하고 있었지만 무작정 문을 밀고 들어갔다. 한나의 이야기에 질리언도 어떻게든 그 일은 막아야 한다며 분노했다. 피터는 조용히 듣고만 있었다. 어떻게 막을 수 있을지, 피터로서는 감이 잡히지 않았다.

다음날 유령의 시간에 여인들이 관리실에 모여들었다. 한나의 이야기를 듣고서였다. 크리스틴의 부탁을 받고 마거릿도 참석했다. 모두들 리즈에게 분개하며 한마디씩 할 때도 마거릿은 침묵을 지켰다. 크리스틴이 마거릿에게 의견을 묻자, 그제야 귀찮다는 듯이 마거릿이 입을 열었다.

"당연한 일이 당연하게 흘러가는 걸 마치 모르고 있었다는 듯이 말들을 하는 게 재밌군." 고양이 마거릿은 느릿하게 말하고는 하품을 했다. "맛을 아예 모르면 모를까, 한번 맛본 달콤함을 어떻게 잊나. 안 그래?"

"하긴 문전성시를 이루어 시내 중심가에 건물까지 산 맛을 어떻게 잊겠어." 에이미가 말했다.

"그거 오래전부터 내려온 흑마술인데, 하급들이나 의지하는 거지." 마거릿이 말했다. "리즈라는 덜떨어진 아이가 어디서 하급의 흑마술은 알아가지고 그걸로 최고라는 말도 듣고 돈맛까지 보았으니 포기하기 어려울 거야. 어떻게든 다시 시도하겠지."

"끔찍한 인간 아니에요? 아무리 지 자식이 아니어도 그렇지, 어떻게 어린애를 또 잡아다가 그런…… 어휴." 링링이 말을 잇지 못하고 한숨을 내쉬었다.

"그런데 한나는 구했고, 또 그런 일이 발생하든 말든 아닌가. 인간세계의 일에는 관여하지 말자며?" 마거릿은 곁 눈으로 크리스틴을 바라보았다. "한나는 유령이니까 구했 고, 아직 거기 유령은 없잖아?"

"그럼 리즈의 손에 또다른 아이가 죽어서 유령이 되어야 구한다는 거예요?!" 한나가 소리를 질렀다.

"아, 시끄러워. 누가 또 구한댔니? 나는 어린것들 싫어. 사람이든 유령이든 어린것들은 딱 질색이야. 너만 해도 충분히 시끄럽고 귀찮아." 마거릿이 고개를 돌리며 말했다.

크리스틴이 나서서 상황을 정리했다. 우선은 리즈의 동태를 살피며 일이 진행되는 것을 보고 다시 대책을 마련하자고 했다. 어떻게든 지금 리즈를 막아야 한다며 한나가 울었지만 크리스틴은 차분하게 말했다.

"지금으로선 우리가 할 수 있는 일이 없잖니."

리즈는 고아를 구해올 방법을 고민했다. 카타리나를 결혼시켜 입양하게 하는 방법도 생각했지만 시간이 많이 걸렸다. 길거리에 유기된 아이를 구하면 가장 좋지만 그런 아이를 발견하는 것도 쉽지 않을 것 같았다. 고아 수출국으로 유명한 나라들에도 연락했지만 서류 심사에서 탈락했다. 리즈의 나이가 너무 많고 남편이 없다는 것이 결격 사유였다. 고아를 팔아먹는 주제에 별걸 다 따지네, 하고 리즈는 고개를 저었다.

그 무렵 카타리나가 고아는 왜 찾느냐고 리즈에게 물었다. 리즈는 처음엔 알 거 없다고 손사래를 치다가 카타리나를 불러다 앞에 앉혔다.

"너도 이제 스물다섯이니까…… 말하마. 언젠가 네가 이 사업을 물려받아야 한다고 생각한 적도 있는데, 생각보다 시기가 일찍 온 것뿐이라고 마음먹자. 자, 잘 들어."

리즈는 서랍장에서 오래된 마법서를 꺼내와서 펼치며 마법에 대해 설명하기 시작했다. 그리고 오래전부터 고고조모에서 고조모로, 고조모에서 증조모, 조모, 모계로 면면히 이어온 마녀 집안의 계보를 들려주었다. 카타리나는 처음 듣는 이야기에 어리둥절한 표정으로 입을 다물지 못했다.

"그런데 이런 이야기를 나한테 한 번도 안 했잖아. 왜 이제 하는 거야?"

리즈는 한숨을 내쉬며 말했다.

"난 네가 평범하게 자라기를 바랐거든. 마법사는 대단한 존재지만, 마법사가 되기는 쉽지 않단다. 우리 집안은 대대로 흑마법을 이어와서……" 리즈는 말을 고르느라 고심했다. 흑마법은 희생자를 필요로 한다는 것을 설명하기가 쉽지 않았다. "아무튼 그래서 그동안은 너한테 얘기 안 했어. 가능하다면, 네게 다른 사업을 할 수 있는 돈과 길을 만들어주려고도 생각했지. 그런데 너무 일찍 내 업이 끊겨버렸구나. 게다가 너는 너무 순진해서 비즈니스에 적절치 않다는 것도 알았고."

리즈는 카타리나가 머리가 좋지 않다는 말을 순진해서라고 바꿔 말했다. 카타리나는 여전히 영문을 모르겠다는 표정이었다. 리즈는 수정구슬의 비밀을 들려주었다. 그리고 새로운 수정구슬을 만들어야 한다고 말했다.

"그럼 그 구슬 안에 정말 정령이 들어 있었던 거야? 나는 안 보였는데?"

"그건 네가 정령의 주인이 아니기 때문이지. 주인한테만 보이고 소통하거든."

"어떻게 해야 주인이 되는 건데?"

리즈는 마법서의 정령초빙법 4장을 펼쳐서 카타리나에게 내밀었다. 거기에는 정령을 만들어 부리는 방법과 주문이 들어 있었다.

카타리나는 눈을 빛내며 읽고는 중얼거렸다.

"재미있네…… 그래서 어린아이가 필요한 거구나."

카타리나의 반응을 살펴보던 리즈가 말없이 미소를 지었다. '블랙 매직 우먼'의 피가 카타리나에게도 흐르고 있었던 것이다.

"이제 그 책은 네 거야. 잘 읽고 주문을 외우도록 해. 마법은 달의 움직임과 관련이 깊다는 것도 명심하고. 달 없는 밤, 그믐이 마법의 힘이 가장 승해지는 때야."

"그런데 아이는 어디서 어떻게 구할 거야?"

"그걸 지금 고민중이지. 이제 너도 함께 알아보자꾸나. 새로운 수정구슬은 네 손으로 만들어야 하니까." 그러고는 깜빡할 뻔했다는 듯이 덧붙였다. "명심해야 할 게 하나 더 있어. 흑마법은 기독교가 승해진 중세부터 불법이야. 지금도 그래. 그러니까 아무한테도 말하면 안 돼. 특히 찰스를 조심해."

"어? 난 엄마가 찰스를 믿고 좋아하는 줄 알았는데?"

"모든 것은 시기가 있어. 풋풋한 때가 있고, 익는 때가 있고, 발효되는 때가 있지. 풋풋해야 할 시기에 익어버린 자는 당장 써먹기 좋을 뿐이야. 그런 자는 발효는 꿈도 못 꿔. 곧 상하고 말지. 찰스가 그래. 그런가 하면 풋풋한 시기를 지나 익는 시기에 들어서서 성급하게 익는 자도 있지. 충분히 익기 전에 발효되어버린 자. 그런 자는 금방 상해. 발효와 부패는 종이 한 장 차이거든."

"그거 재밌네. 그러고 보니 찰스가 나이에 비해 많이 성숙하다고 해야 하나, 아니면 지나치게 현실적이라고 해야 하나, 그런 점이 있지. 난 엄마가 그래서 찰스를 좋아하는 줄 알았어."

"그저 지금 단계에서 써먹고 버려야 할 아이야. 믿으면 안 된다. 명심해." 리즈는 못을 박듯 말하고 잠깐 생각하다가 말을 이었다. "마법의 단계도 그렇단다. 일찍 성취하려 하면 작은 성취에서 그치고 말아. 내가 그랬어."

"엄마는 그래도 성공한 마법사 아냐? 수정요정도 만들었잖아."

"그건 흑마법에서 소소한 단계일 뿐이야. 더 나갔어야 했어."

"더 나가면 뭐가 또 있을지 궁금하네." 카타리나가 눈을 빛내며 말했다.

"너는 더 나갔으면 좋겠다. 그러려면 인간의 범주를 벗어나야 해. 흑마법사는 인간이 아니니까. 사람이 어떻게 그럴 수가 있냐느니, 사람이 할 짓이 아니라느니, 따위의 허접한 말들은 나약한 인간들에게나 적용되는 것이고 우리에겐 아니야. 우린 인간 위에 존재하는 부류거든. 인간들을 부리고 사용하는 존재야. 알겠니?"

"응, 멋져. 가슴이 두근거려. 이런 멋진 세계를 왜 이제 알려준 거야? 엄마가 원망스러울 정도야."

"기왕 이 세계에 들어섰으니, 돌의 심성과 강철의 심장을 지니렴. 세상의 비난이나 손가락질을 즐겨야 해. 사악해야 해. 인간들이 말하는 악독함이 곧 강함이란다. 다행히 너는 그런 기질을 타고났어."

"내가? 정말?" 카타리나는 눈을 빛내며 물었다.

"너는 순수하잖니. 악은 순수한 거야. 생명 있는 모든 존재의 본성은 악이란다. 먹어야 생명을 부지하니까. 먹는다는 게 곧 악이야. 나보다 약한 것을 먹이로 삼는 거니까. 그런데 인간들은 거기에 이런저런 도덕이니 규범 따위로 그걸 제한하려 하지. 그래서 그들이 나약한 거야. 존재의 본성인 악한 행위에 윤리니 정의니 하는 잡념이 끼어드는 순간, 악은 순수를 잃고 약해진단다. 알겠니?"

"응, 멋있어." 카타리나는 고개를 크게 끄덕였다.

리즈와 카타리나의 곁에서 이 모든 것을 보고 듣던 한나는 눈앞이 하얘져왔다. 한번도 느껴본 적 없는 거대한 분노가 일었다. 그것은 아주 먼 곳에서 불어오는 바람처럼 한나를 천천히 흔들더니 이내 소용돌이가 되어 그녀를 휘감았다.

"그런데 이상하네……" 리즈가 주위를 둘러보며 중얼거렸다.

"왜, 엄마? 뭐가 이상해?"

"한나의 기운이 강하게 느껴져. 한나가 늘 내 주위에 있는 것 같긴 했지만……"

"그애도 엄마를 못 잊겠지. 엄마가 좀 애지중지해줬어? 나보다 수정구슬을 더 챙겼잖아." 카타리나가 입을 삐죽이며 말했다.

"한나가 날 많이 따르긴 했지. 아마 그애도 날 못 잊을 거야. 나도 그렇고." 리즈는 쓸쓸한 표정으로 말했다. "누가 수정구슬을 가져간 게 분명한데, 그걸 알 수가 없으니……"

곁에서 모녀의 대화를 듣고 있던 한나는 기가 막혔다. 한나는 어쩔 바를 모르고 길길이 뛰다가 분통을 터트렸다.

"반드시, 반드시 내가 너희를 파멸시킬 거야. 파멸시킬 거라고, 이 못된 것들아!" 한나는 그들을 향해 소리쳤다. 하지만 그들은 한나를 보지 못하고, 한나의 말을 듣지 못했다.

마틴 형사의 잔이 비어 있는 것을 보고 피터가 와인병을 들며 물었다.

"한잔 더 하시겠소?"

"아, 네. 한잔 더 하고 싶군요." 마틴은 와인 잔을 들며 말했다. "그런데 피터, 마법이란 게 정말 가능하다고 보십니까?"

피터는 눈을 끔벅이며 마틴을 바라보았다.

"지금까지 내 말을 들은 사람의 질문 같지 않군요."

"네? 무슨 말씀이신지……"

"신이 없다고 보시오? 천국과 지옥은요? 천사와 악마는?"

"저는 크리스천이라 신을 믿습니다. 천국과 지옥도 믿지요. 그런데 마법은 그와는 층위가 다른 이야기가 아닐까요?"

"층위가 다른 이야기라…… 나는 크리스천이 아니지만 신을 믿지요." 피터는 와인을 한 모금 마시고 말을 이었다. "예전 내 할아버지는 신이 없다고 했어요. 죽으면 그것으로 끝이라고 했지요. 하지만 나는 유령을 보았으니 신이 없다고 못하겠소. 유령이 있으니 사후 세계가 있다고 믿지요. 그게 천국과 지옥인지 아니면 영혼계인지는 모르나 그런 세계가 있다고 믿어요. 천사와 악마는 본 적이 없지만 마녀는 보았지요. 층위와 상관없이, 그 존재들 모두 믿기 어렵지요. 하지만 눈에 보이는 것만 믿고 경험한 것만 믿는다면, 세상에 존재하는 일 중에 믿을 수 있는 일이 그리 많지 않을 거요."

"그럴지도 모르겠습니다." 마틴은 고개를 끄덕였다.

"오늘은 노을이 유독 붉군요. 이제 가보셔야 할 시간 아닙니까?"

피터는 잊었다는 듯이 시계를 바라보았다.

"아, 시간이 벌써 이렇게 되었군요." 마틴은 잠시 생각하다가 물었다. "괜찮으시다면 이야기를 좀더 들었으면 좋겠습니다만. 어떠신지요?"

"나는 괜찮소만……"

"고맙습니다. 리즈와 카타리나의 이야기가 나오니 맘이 급해지는군요."

"그럼 내 얼른 다녀올 테니, 빵이라도 들면서 기다리시오."

피터는 종을 집어들고 관리실을 나섰다. 서쪽 하늘이 온통 붉게 타오르고 있었다. 불타는 노을 속으로 새 한 마리가 날아가고 있었다.

한나는 그길로 마거릿을 찾아갔다. 마거릿은 한나를 보자마자 고개를 돌렸다.

"묻고 싶은 게 있어요." 한나가 말했지만 고양이 마거릿은 머리를 앞발 사이에 깊게 파묻고 들은 체도 하지 않았다.

"묻고 싶은 게 있다고요." 한나가 목소리를 높였다.

"냥이님 주무신다. 조용히 해라." 마거릿이 느릿하게 말했다.

"사람 앞에 모습을 드러내는 방법을 알 수 없을까요?"

"그건 또 뭐하러? 누가 너 보고 싶다던?"

한나는 리즈와 카타리나가 나눈 대화를 들려주었다. 이젠 리즈만이 아니고 카타리나까지 어린아이를 찾는 상황이라고 말했다.

"그런데?" 마거릿은 관심없다는 듯 여전히 고개도 들지 않았다.

"내가 막으려고요. 그들을 막아야 해요."

"니가 왜? 너는 그냥 조용히 빛이나 기다리고 있다가 가. 괜히 나대다가 잘못하면 영혼마저 흩어지는 수가 있어."

"영혼이 흩어져요?"

"그럼 죽으면 다인 줄 알았니? 죽는다고 끝이 아니란 건 이제 알 테고, 그 영혼이 흩어지는 게 진짜 끝이야. 그러니까 무, 완벽한 무로 돌아가는 거지. 끝을 보고 싶지 않다면, 그냥 나처럼 얌전히 지내." 마거릿은 천천히 일어나서 고개를 들고 몸을 길게 늘이며 기지개를 켰다. "냥이님 식사시간이네. 난 간다. 넌 거기 있어라."

한나는 포기하지 않았다. 리즈의 집과 마거릿의 집을 오가며 애달복달했다. 그렇게 며칠이 흘렀다. 그동안 리즈와 카타리나는 고아를 구할 방법을 백방으로 알아보면서 틈날 때마다 공원을 쏘다니며 혹시 유기된 아이가 있나 살폈다.

한나는 크리스틴을 찾아가 도움을 요청했고, 크리스틴과 함께 마거릿의 처소를 찾았다.

"우아한 크리스틴 여사까지 왕림하셨으니, 내 한마디만 할게." 고양이 마거릿은 고개를 빳빳이 들고 말했다. "그거 아주 위험한 거야. 보이지 않는 세계의 룰을 어기는 일이거든. 우리 눈에 보이는 이 세계는 극히 일부에 지나지 않아. 그 일부가 끝없이 이어져 있지, 그물망처럼. 그중 하나라도 잘못되면 물결처럼 전체에 영향을 미쳐서 무슨 일이 벌어질지 몰라. 보이지 않는 세계를 내가 다 아는 것도 아니고, 다만 그런 세계가 있다는 걸 아는 정도야. 그래서 그 파장이 무엇을 불러올지 몰라. 그러니까 룰은 지켜져야 해."

"마거릿은 사람들 앞에 모습을 드러내잖아요." 한나가 말했다.

"그래서 잘 안 드러내잖아. 지난번에 네 부탁으로 드러낸 것도 후회막심이고. 지금 심각하게 반성중이거든."

"저는 한 번만 드러낼게요. 다시는 사용하지 않을게요. 그들의 사악함을 막고 싶어요."

"그게 하루이틀에 가능한 건 줄 아니?"

"방법만 알려주세요. 가능하지 않다면 제가 못하잖아요."
한나는 필사적이었다.

곁에서 말없이 지켜보던 크리스틴이 조심스레 나섰다.

"마거릿의 말씀을 이해해요. 우린 유령이니, 살아 있는 사
람에게 보이면 안 되겠죠. 하지만 리즈가 하려는 일은 결국
또다른 한나를 만드는 거잖아요. 그렇게 되면 인간의 일만
이 아닌 우리 유령의 일이 됩니다. 그걸 막을 길이 없는데,
한나는 자기가 그 방법만 알면 막을 수 있다고 하니……"

마거릿은 앞발을 혀로 핥으며 곰곰 생각에 잠기더니 한
나를 쏘아보았다.

"모습을 드러낼 수 있으면 어떻게 하려는 건데? 그걸 얘
기해봐. 니 계획이 말이 되면 생각해볼게."

마거릿의 말에 한나는 침을 꼴깍 삼키고 그동안 궁리한
계획을 말하기 시작했다.

"괜찮은 계획 같은데요." 한나의 계획을 들은 크리스틴이
마거릿을 바라보며 말했다. "마거릿이 보기엔 어때요?"

"그럴듯하긴 하나 문제가 있어. 하지만 그럴듯해. 조금 보완하면 쓸 만하겠어." 마거릿은 그렇게 말하고 한나에게 다짐하듯 덧붙였다. "이번 한 번뿐이다. 다시는, 다른 일로는, 사람들 앞에 모습을 드러내지 않겠다고 약속해."

"약속해요." 한나가 말했다.

마거릿이 몸을 일으켜 앉으며 말했다.

"누구에게나 모습을 드러내는 능력을 얻으려면 오랜 수련이 필요해. 하지만 특정한 대상에게만 모습을 드러내는 방법은 달리 있어. 그건 그렇게 어렵지 않아."

"어떻게 하면 되는데요?" 한나가 마거릿에게 바짝 다가앉으며 물었다.

"좀 떨어져줄 수 없니? 난 아이가 싫다고." 마거릿이 엉덩이를 움직여 비켜 앉으며 말했다.

리즈를 관찰하던 찰스는 최근 한두 달 사이에 갑자기 달라진 카타리나를 주목했다. 아무 생각 없이 사는 것 같던 카타리나의 눈에 생기가 돌고 매일같이 집을 나서는 것도 달라진 점이었다. 자라면서 어쩌다 생긴 친구 두엇도 다 떨어져나가고 외톨이로 지내던 카타리나였다. 그나마 용모는 리즈를 닮아서 간혹 남자친구가 생기는데, 그마저도 오래간 적이 없었다. 용모에 끌려 다가왔던 남자들도 카타리나의 집착과 질투와 짜증에 견디지 못하고 도망쳤다. 길어야 한두 달이었다. 요즘 카타리나의 표정이나 눈빛으로 봐서는 남자가 생긴 것 같은데, 옷차림도 그렇고 화장도 그렇고 귀가 시간도 평소와 다름없는 걸 보면 그렇지도 않은 것 같았다. 찰스는 그게 더 이상했다. 무언가가 있다.

가게가 쉬는 날, 찰스는 카타리나의 뒤를 밟기로 했다. 카타리나가 매일 아침 집을 나와 어디에 가서 무엇을 하는지 궁금했다. 수정구슬의 비밀과 관련이 있다면 의외로 쉽게 일이 풀릴 수 있겠다고 생각했다. 무언가를 알아내기에는, 여우 같은 리즈보다 카타리나가 훨씬 쉬운 상대였다. 찰스는 야구모자를 눌러쓰고 선글라스를 꼈다.

화창한 여름 일요일 아침이었다. 리즈와 달리 늘 늦잠을 자는 카타리나의 기상 시간에 맞춰 집을 나섰다. 가게 근처를 얼마간 배회하며 지켜보자, 열시가 조금 넘어 하얀 반팔 블라우스에 흰색 바지를 입은 카타리나가 집을 나섰다. 찰스는 거리를 조금 두고 뒤를 밟았다. 카타리나는 도시 북쪽에 있는 산타나 공원으로 향했다. 주말이었지만 아직 아침 나절이어서인지 공원에는 사람이 그렇게 많지 않았다. 드문드문 산책 나온 사람들이 있었고 벤치에 앉아 브런치를 먹는 사람이 몇 있었다. 주위를 두리번거리며 공원을 한 바퀴 둘러보던 카타리나가 사람 없는 빈 벤치에 앉았다. 그때 이상한 모습이 찰스의 눈에 들어왔다. 카타리나가 벤치 옆자리를 바라보면서 무어라 말하고 있었다. 마치 옆자리에 누가 앉아 있다는 듯이. 찰스는 먼발치에서 그 광경을 지켜보며 침을 삼켰다. 카타리나가 이내 자리에서 일어나 걷기 시작했다. 카타리나는 남쪽을 향해 걷더니 공원묘지 쪽으로 향했다. 뭐야, 공원 순례인가? 찰스는 고개를 갸우뚱했다. 공원묘지는 부엉이숲을 사이에 두고 산타나 공원의 맞은편에 있었다. 공원묘지로 가나 싶던 카타리나가 갑자기 부엉이숲으로 뛰어들어갔다.

"애야, 어딜 가니? 함께 가." 카타리나가 소리쳤다.

찰스는 자기 귀를 의심했다. 쟤가 누구한테 말하는 거야. 아무리 보아도 카타리나 혼자였다. 그런데 카타리나는 지금 누군가를 부르고 있었다. 마치 앞에 누가 있다는 듯이.

"쟤가 정신이 나간 거 아냐?" 찰스는 중얼거리며 뒤를 따랐다.

카타리나는 다급하게 누군가를 부르며 달려가고 있었다. 숲 가운데의 야트막한 언덕길을 올라 공원묘지 쪽으로 향하다가 다시 크게 돌아 산타나 공원을 향해 뛰더니 다시 숲 언덕길을 올라 달렸다. 여름 숲은 진한 풀냄새를 풍기고 있었고 날벌레가 많았다. 찰스는 달려드는 날벌레를 손으로 쫓으며 카타리나를 따라 숲을 오르내리다가 문득 걸음을 멈췄다. 같은 길을 벌써 두 바퀴째 돌고 있었던 것이다. 이게 뭐하는 건가 싶어 찰스는 온통 푸른빛으로 울창한 숲을 달리는 하얀 옷차림의 카타리나를 바라보았다. 날벌레 때문에 더 있기가 힘들었다. 뒤따르는 걸 포기하고 돌아서려다가 궁금증이 일어 큰 나무 뒤에 몸을 숨기고 지켜보았다. 만약 카타리나가 다시 이곳을 지난다면 미친 게 틀림없었다. 20분쯤 기다리자, 카타리나가 지친 표정으로 땀을 흘리며 터벅터벅 걸어오고 있었다.

"한나야, 잠깐만 쉬었다 가면 안 될까? 어딜 가는데 이렇게 먼 거야?" 카타리나가 숨을 헉헉거리며 힘겹게 말했다. "우리집에 가자. 언니 집에 가면 맛있는 과자도 많고 장난 감도 많아. 한나야, 언니랑 우리집에 가자, 응?"

찰스는 목덜미에 소름이 돋았다. 미친 게 틀림없었다. 카 타리나는 혼자서 중얼거리며 같은 길을 지금 세 바퀴째 돌 면서도 그걸 알지 못했다. 찰스는 고개를 저으며 숲에서 나 와 마침 지나던 택시를 잡아타고 집으로 향했다. 오전부터 숲을 오르내렸더니 온몸에서 땀이 흘렀다. 샤워를 하고 시 원한 맥주나 마셔야겠다고 생각했다. 목도 마르고 배도 고 팠다. 시간은 벌써 정오를 지나 한시를 향해 가고 있었다.

가게가 월, 수, 금 3일만 영업하면서 찰스의 월급도 적잖 이 줄었지만 다른 직장에 비하면 여전히 괜찮은 편이었다. 그동안 그만큼 많이 받고 있었던 것이다. 잘 나가던 사이킥 리즈가 이렇게 몰락할 줄은 상상도 못했다. 불과 1년 남짓 사이에 가게는 손님이 끊기다시피 했고 하나 있는 딸은 정 신을 잃었다. 슬슬 다른 직장을 알아봐야겠다고 생각하며 찰스는 밥을 차려 먹고 음악을 듣다가 낮잠에 빠져들었다. 찰스가 잠이 깬 것은 밤이 이슥해서였다. 창밖을 내다보니 하늘이 온통 까만 어둠이었다. 달이 없는 그믐이었다.

"더 듣고 싶지만 아무래도 피터에게 무리일 것 같습니다. 안색이 좋지 않군요. 늦었지만, 식사도 하시고 좀 쉬십시오. 내일 다시 오겠습니다."

마틴은 피터가 무어라 말하기 전에 이미 문을 열고 나서고 있었다.

"그럼 잘 가시오. 내일 만나리다."

피터는 말하며 일어섰다. 눈앞이 노랗게 보였다. 현기증이 일었다. 그는 다시 의자에 주저앉으며 생각했다. 아직 하루이틀은 남았을 텐데.

일곱째 날

——

어제 그 달은
어디로 갔을까

오후 세시가 되자, 마틴이 찾아와 식탁에 앉았다.

"오늘로 꼭 일주일째입니다, 피터."

"그렇군요. 벌써 그렇게 되었군요." 피터가 쓸쓸한 표정으로 고개를 끄덕였다.

"오늘은 이야기가 마무리되지 않을까 기대하고 왔습니다."

피터는 말없이 고개를 끄덕이며 커피를 마시고 이야기를 시작했다.

한 달 전, 한나의 계획을 들은 마거릿은 보완이 필요하다고 했다. 처음부터 리즈를 노리기보다는 카타리나를 이용하자는 게 마거릿의 보완책이었다. 카타리나에게 먼저 한나를 보여주어 끌어들인다는 게 일차 계획이었다. 카타리나는 아직 젊으니까 곧 집착을 내려놓고 집으로 돌아갈 것이고, 집에 가서 리즈에게 애기할 것이다. 그렇게 되면 반드시 리즈가 산타나 공원이나 부엉이숲으로 찾아올 것이라는 게 마거릿의 판단이었다. 그러기 위해선 먼저 한나가 카타리나에게 모습을 드러내야 했다. 마거릿이 가르쳐준 방법은 간단했다. 그들 모녀가 잘 때 내쉬는 날숨을 깊이 들이마시라는 것이었다. 시간이 좀 걸리겠지만, 보름 정도면 그들 앞에 모습을 드러낼 수 있을 거라고 했다. 한나는 밤마다 리즈의 집에 가서 모녀의 날숨을 들이마셨지만 보름이 지나고 20일이 지나도 모습을 드러내지 못했다.

"니가 아직 어려서 들이마시는 힘이 약한가보지. 힘껏 빨아들여서 니 것으로 한다고 생각해." 마거릿은 이상하다는 듯이 말했다. "아니면 두 명의 숨을 번갈아가며 마시느라 시간이 더 걸리는지도 모르겠다."

한 달이 지나자, 마거릿이 말한 징조가 나타났다. 늦은 밤, 리즈의 집에 들어서서 자고 있는 카타리나의 날숨을 들이 마시는데 무언가 가슴께에 걸리는 느낌이 있더니 기침이 터져나왔다. 기침과 함께 신기하게도 한나의 입에서 옅은 안개 같은 날숨이 나왔다. 이전에는 없던 일이었다. 숨이 쉬어졌다. 마치 살아 있는 사람처럼. 한나의 기침 소리가 들렸는지 카타리나가 짜증스레 돌아누웠다. 한나는 서둘러 리즈의 집에서 나왔다. 행여라도 그들이 잠에서 깨어 지금 한나의 모습을 보면 계획에 차질이 생길 터였다. 집밖으로 나오자 숨이 사라졌다. 마거릿이 말했던 대로였다. 마거릿은 인간의 날숨 마시기를 통해 얻을 수 있는 능력은 제한되어 있다고 했다. 날숨을 빨아들인 리즈와 카타리나에게만 모습을 드러낼 수 있고 그들과의 대화만 가능하고, 그것은 열흘 정도면 사라진다고 했다.

한나는 일요일이 되기를 기다렸다. 카타리나만 유인하는 게 계획이었다. 리즈 모녀가 함께 외출하는 날은 피해야 했다. 일요일은 카타리나만 외출하는 날이었다. 마법을 적으로 삼는 예수라는 큰 신의 기운이 승해지는 날이라며, 리즈는 일요일에는 외출하지 않고 집에서만 지냈다.

일요일 아침, 한나는 리즈의 집 근처에서 카타리나가 나오기를 기다렸다. 두 시간쯤 기다리고 있는데, 야구모자에 선글라스를 낀 찰스가 나타나 한나는 긴장했다. 다음주까지 기다려야 할지 잠시 고민하는 사이 집에서 나온 카타리나가 한나를 바라보았다. 어쩔 수 없다고 생각한 한나는 계획대로 움직이기로 했다. 찰스가 문제가 된다면, 그건 그때 가서 해결하기로 하고.

한나는 산타나 공원으로 향하며 카타리나가 자기 뒤를 따르고 있는지 살폈다. 혼자 있는 어린아이를 노릴 것이라는 예상대로, 카타리나는 한나에게서 눈을 떼지 못한 채 따라오고 있었다. 산타나 공원에 들어서서 한나는 천천히 공원을 한 바퀴 돌았다. 카타리나는 한나를 따르면서 주위를 둘러보고는 한나에게 일행이 없다는 것을 확인했다. 한나는 빈 벤치에 앉아 카타리나가 접근하기를 기다렸다. 아니나 다를까 카타리나가 다가와 곁에 앉았다.

"혼자 왔니?" 카타리나가 다정하게 말을 붙였다.

한나는 고개를 끄덕이고 조금 떨어져 앉았다. 마치 낯선 이를 경계한다는 듯이.

"엄마는 어디 가고, 너 혼자 놀러 왔니?"

"엄마 없어요. 고아원에서 혼자 나왔어요. 고아원에 돌아가면 선생님에게 혼날 거예요."

카타리나의 표정이 밝아졌다. 성격이 단순한 카타리나는 표정을 숨기지 못했다.

"그렇구나. 언니 집에 가서 맛있는 거 먹고 놀다가 갈래? 언니가 고아원에 함께 가서 선생님에게 잘 말해줄게."

한나가 대답하지 않고 가만히 앞만 바라보고 있자, 카타리나는 몸이 달았다. 맛있는 먹잇감을 눈앞에 두고 안절부절못하는 굶주린 승냥이처럼.

"이름은 뭐니? 예쁘게 생겼네. 우리 친구할까? 언니랑 친구하자." 카타리나는 환한 미소를 지으며 말했다.

한나는 물끄러미 카타리나를 바라보았다. 이렇게 다정하고 무구한 표정이라니, 25년 전 고아원에서 한나를 처음 보고 미소 짓던 리즈의 단정한 웃음이 떠올랐다. 그리고 이후 항아리에서 겪었던 끔찍한 고통도.

"한나예요. 정말 나중에 고아원에 함께 가줄래요? 언니랑 함께 가면, 선생님한테 덜 혼날지도 몰라요."

"응, 약속." 카타리나가 새끼손가락을 내밀었다. 25년 전

한나를 항아리에 가두던 날 아침에 리즈가 그랬던 것처럼.
한나는 카타리나의 손을 외면했다. 카타리나는 더욱 몸이
달았다. "다른 친구들한테 줄 선물도 줄게. 언니 집에 가서
맛있는 점심도 먹고 과자도 먹고. 언니 배고프다. 한나는 배
안 고파?"

한나는 자리에서 발딱 일어났다.

"배고파요. 아침도 못 먹고 고아원에서 나왔어요. 언니 집
은 어디예요?"

"언니 집은 솔 광장 근처야."

"솔 광장 알아요. 어서 가요." 한나는 앞장서며 걸음을 빨
리했다.

카타리나는 환하게 웃으며 한나의 뒤를 따랐다.

"부엉이숲으로 끌어들여. 그다음은 내가 알아서 한다."
마거릿의 말대로, 한나는 솔 광장으로 향하는 길을 걷다가
도로에 면한 부엉이숲으로 뛰어들었다. 카타리나는 한나
를 쫓아 숲으로 들어섰다. 숲을 두 바퀴 돌고 나자 다행히
찰스가 사라졌고, 네 바퀴째 돌 무렵 검은 고양이 마거릿이

언덕에 나타났다. 고양이 마거릿은 한나와 눈이 마주치자 공원묘지 쪽으로 걷기 시작했다. 한나는 마거릿을 따라 걸으며 뒤를 돌아보았다. 카타리나가 따라오고 있었다. 루이스 켄탈의 가족묘 뒤편의 숲에 이르자, 마거릿이 한나에게 묘지로 가라고 말하고 자기는 그 자리에서 큰 원을 그리며 걷기 시작했다. 묘지로 향하던 한나가 걸음을 멈추고 뒤돌아보았다. 카타리나가 이제 마거릿의 뒤를 따라 원을 그리며 터벅터벅 걷고 있었다. 한나는 보이지 않는다는 듯이. 아니, 한나가 여전히 눈앞에 있다는 듯이.

묘지 쪽 숲 가장자리, 움푹 파인 채 큰 나무들과 울울창창한 수풀에 둘러싸인 그곳은 한낮에도 어둡고 음울한 기운이 고여 있는 땅이었다. 아홉 바퀴를 맴돌던 고양이 마거릿이 고개를 들고 천천히 원에서 벗어났다. 하지만 카타리나는 계속해서 원을 그리며 걸었다. 바로 눈앞에 있는 한나를 붙잡겠다는 듯이 이따금 손을 내뻗으며 터벅터벅 걷고 있었다.

"한나야, 이제 그만 언니랑 함께 가자. 한나야, 응? 한나야." 지친 카타리나는 이따금 신음 같은 말을 흘리며 걸었다. 끝없이 원을 그리며.

밤이 내리고 유령의 시간이 되자 크리스틴이 찾아왔다. 크리스틴은 카타리나의 모습을 보고 놀란 입을 다물지 못했다.

"언제부터 저러고 있는 거니?" 크리스틴이 한나에게 물었다.

"정오가 되기 전부터요."

카타리나는 터벅터벅 걷다가 힘을 내서 조금 달리다가 다시 터벅터벅 걷기를 반복했다.

달 없는 밤이었다. 어둠에 잠긴 숲을 터벅터벅 걷는 카타리나의 하얀 블라우스에 모기와 풀벌레들이 온통 달라붙어 검게 보였다. 그녀는 곧 쓰러질 것 같은 걸음걸이로 쉬지 않고 걸으며 이따금 한나를 부르고 손을 내뻗었다.

한나와 마거릿과 크리스틴은 숲에 서서 카타리나를 바라보고 있었지만, 카타리나는 그들 곁을 지나면서도 보이지 않는지 눈길도 돌리지 않았다.

"텅 빈 눈이군요." 크리스틴이 말했다. "저 아이의 눈이 텅 비어 있는 거 같아요."

"붙들린 눈이니까." 마거릿은 차갑게 말하고 한나를 돌아보았다. "너도 잘 봐둬. 집착이 저렇게 무서운 거야."

한나는 말없이 카타리나를 지켜보다가 마거릿에게 물었다.

"지금 저 애의 눈에는 내가 앞에 있는 것으로 보인다는 거죠?"

"아까 말했잖아. 내가 저 자리에 결계를 쳐뒀다고. 제대로 주박 들린 거야. 오늘이 또 그믐이잖니."

"주박 들린다는 게 무서운 것이군요. 없는 것을 만들어서 보기도 한다니……" 크리스틴이 말했다.

"저 아이가 들린 주박은 약하고 간단한 거야. 스스로 집착을 내려놓기만 하면 돼. 그러면 앞에 아무도 없다는 것을 알게 될 테고 집으로 돌아가겠지."

"그런데 너무 오래 저러고 있는 거 아니에요?" 크리스틴이 걱정스레 말했다.

"왜, 걱정돼? 견딜 만한가보지, 뭐. 죽을 지경이 되면 집착을 내려놓고 돌아가겠지. 생각보다 오래 걸리긴 하네. 보기보다 애가 욕심이 많고 집착이 강해." 마거릿은 돌아서며

246

말했다. "난 이제 갈 거야. 저 아이가 돌아가고 리즈가 움직이면 그때나 알려줘."

묘지를 향해 몇 걸음 내딛던 마거릿이 뒤돌아 한나를 바라보았다.

"행여 오해하지 마라. 니가 이뻐서 이러는 거 아니다. 나는 오래전부터 흑마술하는 것들을 경멸해왔으니까. 덜떨어진 것들."

밤이 되어도 카타리나가 돌아오지 않자 리즈는 걱정이 되었다. 어쩌다 남자친구가 생기면 연락 없이 외박하는 일도 있긴 했지만, 요즘 하고 다니는 것으로 봐선 남자친구가 생긴 거 같지도 않으니 걱정이었다. 혼자 늦은 저녁을 차려 먹고 카타리나의 방을 둘러보았다. 마법서를 열심히 읽고 있는지, 책상 위에 책이 펼쳐져 있었다.

리즈도 그렇지만 카타리나도 요즘 어린아이를 구하기 위해 이곳저곳을 다니며 알아보고 있었다. 아예 고아원을 하나 차릴까, 인수하는 게 빠를까, 그런 생각을 하며 리즈는 카타리나의 방에서 나와 거실 소파에 몸을 깊이 묻고 앉았다. 개똥도 약에 쓰려면 없다더니, 어린애 하나 구하기가 이렇게 어려워서야, 원.

한여름 밤이 깊어가고 있었다. 리즈는 카타리나가 뭘 하느라 이렇게 귀가가 늦는지 궁금하고 걱정도 되어 오랜만에 마법의 타로 카드를 꺼내들고 점을 치기 시작했다. 수정 요정을 차리기 전에 이 타로 카드로 재미를 보던 시절도 있었다. 그런데 타로 카드 점술은 주술사의 능력보다 운명을 묻는 사람의 기운이 더 중요해서 기운이 탁하거나 약한 사람의 운명은 적중률이 현저히 떨어졌다. 한나를 만난 이후로는 서랍장에 넣어두고 이따금 심심파적으로나 만지던 카드였다. 리즈는 카타리나를 떠올리며 주문을 외우고 두 손을 높이 들어 카드를 허공에 뿌렸다. 카드들이 이리저리 날려 흩어지는데 한 장이 허공에서 너울너울 춤을 추며 천천히 하강했다. 리즈는 미소를 지으며 손을 뻗어 카드를 손바닥에 받았다. 리즈의 얼굴이 굳어졌다. 사신 카드, 죽음의 카드였다.

어찌할 바를 모르고 거실을 서성이다가 창밖을 바라본 리즈는 깜짝 놀라 옷을 입었다. 달 없는 밤, 그믐이었다. 그

녀는 택시를 잡아타고 산타나 공원을 비롯한 시내의 공원
들을 모두 돌아다녔다. 공원 화장실까지 샅샅이 살펴보았
지만 카타리나의 흔적을 발견할 수 없었다. 동틀 때까지 공
원들을 전부 돌아본 리즈는 경찰서로 가서 실종신고를 했
다. 경찰은 신고를 받으면서도 실종자가 스물다섯의 성인
여자인데다가 고작 하룻밤 안 들어왔다는 말에 실소를 머
금으며 말했다.

"신고는 접수되었습니다. 아마 아침에는 돌아오지 않을
까요?"

그 말에 리즈는 길길이 날뛰었다.

"뭐라고? 당장 찾아나서지 않는다고? 세금으로 먹고사
는 것들이 시민의 실종에 이렇게 태만해도 되는 거야? 내
딸이 지금 위험에 처했다고! 당장 찾아나서지 못해!"

경찰이 알겠다고, 시내 순찰차에 통지해서 찾아보라 하
겠다고 달래고서야 겨우 진정시킬 수 있었다. 아침 아홉시
까지 경찰서에 앉아 안절부절못하며 순찰차의 소식을 기
다리던 리즈는 혹시나 하는 마음에 집으로 돌아왔다. 가게
에 찰스가 출근해 있었다.

"혹시 카타리나 봤니?" 리즈는 다급한 목소리로 물었다.

찰스는 고개를 저었다.

"못 봤는데요. 아직 자고 있지 않을까요?"

"카타리나가 어젯밤에……" 리즈는 말하다가 손사래를 쳤다. "아니, 됐어." 집으로 올라가려 계단 쪽 가게 문을 나서던 리즈가 말했다. "오늘 영업 못해. 문 닫고 퇴근해."

무슨 일이 벌어졌다는 걸 알 수 있었다. 어제 보았던 카타리나는 확실히 정상이 아니었다. 카타리나가 집에 돌아오지 않은 것이다. 그렇다고 어제 자기가 보았던 일을 리즈에게 말할 수는 없었다. 찰스는 가게 문을 닫고 부엉이숲으로 향했다. 설마 아직도 거기 있을 것 같진 않았지만 일단 그곳을 중심으로 찾아볼 수밖에 없었다.

월요일의 산타나 공원은 한산했다. 찰스는 어제 카타리나가 갔던 코스를 그대로 밟아 부엉이숲으로 들어갔다. 푹푹 찌는 날씨에 길게 자란 수풀을 헤치고 나가자 날벌레들이 정신없이 날아들었다. 두 손을 휘저으며 어제 카타리나가 달리던 장소에 다다랐다. 아무도 없었다. 야트막한 언덕에 올랐지만 카타리나의 흔적은 어디에도 없었다. 주위를 둘러보다가 공원묘지 쪽으로 방향을 잡았다. 울울한 숲을 헤치고 공원묘지에 다다를 때까지 혹시나 하는 마음에 주위를 둘러보았지만 숲에는 아무도 없었다. 하긴 이 무더위에 숲에 들어올 사람은 없을 것이다. 한여름의 부엉이숲은 모기와 날벌레들로 악명 높은 곳이기도 했다. 숲을 벗어나 묘지에 내려서자 검은 고양이 한 마리가 묘석에 길게 누워 그를 쳐다보고 있었다.

"귀티 나는 고양이네. 어디서 본 것 같기도 하고…… 너 혹시 나 아니?" 찰스가 장난스레 말했다.

알다마다 하고 대답이라도 하는 듯이 고양이가 짧게 울음을 토하며 고개를 끄덕였다.

"나 알아? 왠지 꼭 아는 고양이 같네."

찰스는 고양이를 쓰다듬으려 허리를 숙이고 오른손을 내밀었다. 마거릿은 같잖고 귀찮다는 듯이 찰스의 손을 피해 일어나서 숲으로 들어갔다.

마틴 형사가 볼펜으로 자기 이마를 톡톡 치며 물었다.

"궁금한 게 있습니다. 그때 숲에서 그런 일이 벌어지고 있

251

다는 걸 피터도 알고 계셨습니까?"

"아니오. 내가 알게 된 것은 좀 지나서였소. 실종 열흘째
라던가 그렇게 들었소."

강력사건이라야 소매치기나 날치기 사건 정도에 불과했
던 소도시에서 카타리나의 실종 사건은 꽤 비중 있게 다루
어졌다. 실종 닷새째부터 공개수사에 나선 경찰은 9일째부
터는 수사본부를 차리고 대대적인 수색 작업에 나섰다. 주
말이면 공원 산책을 즐겼다는 리즈의 진술에 따라 수색은
도시의 공원들을 중심으로 펼쳐졌고, 공원묘지에 경찰이
찾아온 것은 실종 열흘째가 되는 날이었다.

유령마을에서 카타리나 사건에 대해 알고 있는 건 한나
와 마거릿과 크리스틴뿐이었다. 인간의 일에 관여하는 게
아무래도 께름칙했던 크리스틴이 처음부터 피터에게는 물
론이고 다른 여인들에게 함구하자고 제안해서였다.

길어야 하루도 안 지나서 스스로 집착을 내려놓고 주박
에서 풀려나 돌아갈 줄 알았던 카타리나가 이틀째 밤에도
여전히 원을 그리며 맴돌고 있자 크리스틴이 마거릿을 찾

아갔다. 언제나 무심한 표정이던 마거릿이 깜짝 놀라 숲으로 들어갔다. 한나는 숲에서 꼼짝도 하지 않고 카타리나를 지켜보고 있었다. 어두운 밤의 숲, 하얀 블라우스에 하얀 바지를 입은 여자가 터벅터벅 걷고 있었다.

"쟤가 왜 저러지? 그냥 포기하면 되는 걸 왜 저렇게 집요하게 달라붙어 있는 거야?" 마거릿이 고양이의 몸에서 나왔다. 그러고는 한나를 바라보며 말했다. "애는 또 왜 이러고 있어? 얘도 쟤처럼 내내 이러고 있었던 거야? 하, 집착의 화신들이군."

검은 옷의 여인 마거릿은 카타리나를 향해 두 팔을 들고 주박을 해제하는 주문을 외웠다. 소용없었다. 다시 시도했지만 마찬가지였다. 마거릿이 당황한 표정으로 한나를 돌아보았다.

"가만있어봐. 혹시…… 너니? 네가 붙들고 있는 거야? 니가 어떻게……?"

한나는 고개를 들고 키 큰 마거릿을 쏘아보았다. 한나의 눈에서 투명한 빛이 뿜어져나왔다. 이전에 보지 못했던 빛이었다.

"뭘요, 내가 뭘요? 난 그저 지켜보고 있는데요."

마거릿은 놀랍다는 듯이 눈을 크게 뜨고 고개를 흔들었다.

"처음 볼 때부터 이상하다 했는데…… 이 아이의 영혼에 수정구슬의 힘이 어렸어. 아니, 엉켰다고 해야 하나……" 마거릿은 한나의 눈을 들여다보며 중얼거렸다. "너무 오래 수정구슬에 갇혀 있었어."

마거릿은 크리스틴을 돌아보며 말했다.

"이 아이는 한나가 아니야. 수정구슬이야."

"네? 한나가 아니라고요?" 크리스틴이 놀라서 한나를 바라보았다.

"무슨 소리예요? 난 한나예요."

마거릿은 고개를 저었다. 크리스틴이 허리를 숙이고 한나의 눈을 찬찬히 쳐다보고는 말했다.

"눈빛이 너무 투명하고 강하긴 하네요. 그래도 한나로 보이는데요."

마거릿은 크리스틴을 보고 고개를 저었다.

"우린 한나를 모르지. 처음부터 우리가 만난 건 수정구슬이었으니까."

"아니라니까요. 나는 한나예요. 수정구슬이 아니에요."

"응, 맞아. 너 한나야. 수정구슬의 힘과 하나로 합쳐진 한나." 마거릿은 그렇게 말하고 고개를 저으며 돌아섰다. "이건 내가 한 게 아냐. 내가 풀 수 없어. 한나한테 풀어주라고 해."

크리스틴은 돌아서 가는 마거릿을 바라보다가 한나를 쳐다보았다.

"한나야, 네가 풀어주렴. 저러다가 쟤 죽겠다. 우린 리즈를 막자는 거였잖아. 카타리나를 통해 리즈를 이곳으로 불러서……"

"쟤도 마찬가지예요. 오히려 더 나빠요." 한나가 차갑게 말했다. "리즈가 사라져도 어린아이를 구해서 수정구슬에 가둘 아이라고요."

"그건 너의 짐작에 지나지 않아. 아직 일어나지 않은 일이야. 아직 일어나지 않은 일로 누구를 단죄할 수는 없어. 설혹 네가 신이라 해도."

한나는 말없이 어두운 하늘을 바라보다가 한숨을 내쉬었다.

"신이 있을까요? 신이 있다면, 여섯 살 아이가 항아리에

255

간혀 소금을 먹고 목이 타버릴 것 같아 제가 눈 오줌을 핥
아먹고, 고통스러워 절로 흘러내리는 제 눈물을 받아먹고,
배가 고파 제가 눈 똥을 먹을 때 뭐하고 있었을까요? 신이
있을까요?"그러고는 눈길을 내려 크리스틴을 담담하게 바
라보았다. "난 아무것도 하지 않았어요. 그냥 서서 카타리
나를 바라보고 있었어요. 바라보면서 묻고 있었어요. 배고
프지 않니? 난 배가 고팠는데. 목마르지 않니? 난 목말라 죽
을 것 같았는데. 힘들지 않니? 난 너무 고통스러웠는데. 이
렇게 묻고만 있었다고요."

크리스틴은 한나를 끌어안았다.

"그래, 그래. 힘들었지. 내가 짐작도 못할 고통이었을 거
야. 짐작도 못하지." 크리스틴은 한나의 등을 다독이며 말
했다. "이제 가자. 저 아이 혼자 두자. 그러면 스스로 집착을
내려놓고 돌아가겠지. 그건 저 아이한테 맡겨두자."

크리스틴은 한나를 끌어안고 숲에서 나왔다. 어두운 밤,
바람 한 점 불지 않았다.

마틴 형사가 고개를 들고 피터에게 물었다.

"그렇다면 카타리나는 며칠씩이나 부엉이숲에서 맴돌고 있었던 건가요? 인간의 몸으로 가능한 일이 아닐 텐데요. 먹지도 않고, 물도 안 마시고……"

피터는 고개를 끄덕였다.

"그렇지요. 가능한 일이 아니지요. 카타리나가 며칠이나 그러고 있었는지 나는 모르오."

경찰이 공원묘지를 찾아왔을 때, 피터는 영문을 알지 못했다. 그는 카타리나의 실종에 대해 전혀 모르고 있었다. 경찰견을 앞세운 경찰이 공원묘지 곳곳을 수색하고 부엉이숲에 들어간 지 오래지 않아 카타리나의 시신을 수습해서 나왔다.

"나중에 노숙자들에게 들은 말이 있어요. 카타리나는 바지에 똥오줌을 그대로 누었다고 하더군요. 부검 결과, 위와 장에는 아무것도 들어 있지 않았고 체내 장기가 모두 말라붙어 있었다고 했답니다." 피터가 말했다.

"그게 어떻게 가능한 일인지 이해할 수 없더군요. 당시 사건을 다룬 신문 기사 스크랩에서 저도 보았습니다만…… 꽤 미스터리한 충격적인 사건으로 다루었더군요." 마틴이 말했다.

"그랬다더군요. 그 이후 이 공원묘지에 한동안 폴리스라인이 쳐지고 경찰이 사람들의 출입을 통제했으니까요."

"그리고 얼마 지나지 않아 공원묘지를 둘러싼 벽이 세워지고 철문이 생기고 일몰 이후 출입을 막는 법령이 시의회를 통과하게 되었고요." 마틴이 말했다.

피터는 고개를 끄덕였다.

"그랬지요." 피터는 와인을 한 모금 마시고 한동안 창밖을 바라보았다. 어두운 하늘에 별이 총총했다. "유령마을의 여인들에게도 충격적인 사건이었어요. 뒤늦게 사건을 안 여인들이 크리스틴과 한나를 비난하기도 하고 옹호하기도 하고 그랬지요. 유령마을에 한동안 소란이 일었어요."

크리스틴은 여인들에게 사과했다. 어린 한나의 청을 받아들일 수밖에 없었던 자신의 잘못을 인정했다. 그에 대해 크리스틴과 한나를 옹호하는 의견도 있었고 비난을 퍼붓는 여인들도 있었다. 마거릿은 지루하다는 표정으로 듣고만 있었다. 한나도 입을 꼭 다물고 있었다.

크리스틴은 유령회의 장소를 애도의 천사상 광장으로 정했다. 처음부터 인간의 일에 관여하는 것이 아니었다는 게 그녀의 생각이었다. 피터도 인간이라는 것을 간과했다는 점도 지적했다.

먼발치에서 회의를 지켜보던 피터는 그제야 크리스틴이 회의 장소를 옮긴 이유를 알았다.

"유령의 시간이 있는 것은, 인간의 시간과 인간의 영역이 있다는 것입니다. 그걸 존중해야 했어요. 향후 인간과의 접촉을 일절 피해야 합니다. 피터도 마찬가지예요."

크리스틴의 말에 링링이 나서서 반대했다.

"피터는 유령마을에 속한 사람 아닌가요? 이제 유령마을에 울타리도 쳐진다는데, 유령의 시간에 유령마을에 사는 피터는……"

말이 채 끝나기도 전에 곳곳에서 링링의 말에 동조하는 의견들이 쏟아졌다.

"아니에요." 크리스틴이 여인들의 말을 끊었다. "생각해보면, 우리가 피터를 그렇게 생각하고 접촉하기 시작하면서 이번 일까지 이어졌다고 봐요. 그리고…… 이건 마거릿한테 들은 얘긴데…… 마거릿이 직접 말해줄래요?"

"우아하게 크리스틴이 마저 말하지, 뭘 나한테 말하래?"
마거릿이 시큰둥하게 대꾸했다. "간단히 말해서, 피터한테
좋지 않다는 거야. 유령들과의 접촉이 너무 길었어. 지금은
피터가 젊으니까 아직 모르는 거지. 곧 폭삭 늙을 거야. 오
래잖아 유령이 된다고."

여인들이 웅성거렸다.

"그러므로 이 시간 이후 피터와의 접촉도 금지합니다. 인
간의 영역을 침범하는 일은 다시 있어선 안 됩니다." 크리
스틴이 말했다.

"뭐 어쩌다 한두 번은 괜찮아." 마거릿이 중얼거렸다.

"안 됩니다." 크리스틴이 못을 박았다.

"나한테 명령하지 마." 마거릿이 차갑게 말하고 일어서
서 여인들을 헤치고 광장을 떠나갔다. 어둠에 잠긴 숲에서
부엉이가 울었다.

붉은 노을이 지고 있었다. 창밖을 설핏 바라보던 마틴이
말했다.

"피터가 괜찮다면, 오늘은 좀더 말씀을 듣고 싶은데요."

"그럽시다. 나는 한 바퀴 돌고 와야 하는데, 함께 가시겠소?"

"저야 좋지요. 여기서 기다리라고만 하시더니, 오늘은 어쩐 일이십니까?" 마틴이 반색하며 말했다.

"같이 나갑시다. 오늘은 왠지 마틴 형사와 함께 걷고 싶군요. 산책하기에도 좋은 길이라오. 특히 이 시간이 좋지요. 개와 늑대의 시간 아니오." 피터는 일어나서 작은 종을 집어들며 말했다.

종을 치고 사람들에게 손을 흔들며 묘지를 돌면서 피터는 길가에 보이는 묘지들 중 자신을 찾아온 여인들의 묘를 가리키며 마틴에게 알려주었다.

"저 묘지가 이블린의 묘, 그 뒤로 보이는 저기 하얀 십자가에 꽃이 걸려 있는 묘가 나탈리의 묘라오. 가족묘 없이 혼자 묻혀 있는 이들이 이웃하며 가까이 지낸다오."

"조안나의 가족묘는 어디 있습니까?" 마틴이 물었다.

"저 안쪽에 있어서……" 피터는 말을 흐렸다. "그곳은 알려주고 싶지 않군요."

"하하, 이해하겠습니다. 아직도 피터의 소중한 장소로 남아 있군요."

마틴의 웃음에 피터도 허허롭게 웃었다.

"그런 모양이오."

마거릿의 집인 루이스 가족묘 앞에 이르러 피터는 걸음을 멈췄다.

"이곳이 루이스 켄탈의 가족묘입니다."

"검은 고양이는 보이지 않는군요. 어디 갔나보죠?" 마틴이 주위를 둘러보며 말했다.

피터는 대답 없이 시선을 마틴의 등뒤로 돌렸다.

"저 뒤편 부엉이숲에 들어가면 카타리나의 시신이 발견된 장소로 이어지지요."

"들어가보고 싶군요." 마틴이 눈을 빛내며 말했다. "그곳을 한번 살펴보고 싶습니다."

피터가 한참 서서 망설이자, 몇 걸음 걷던 마틴이 돌아보았다.

"왜, 안 들어가고 싶으신가요? 그래도 장소를 알려주시면……"

피터는 내키지 않는 걸음을 떼며 말했다.

"나는 마저 돌고 문도 닫아야 하니까, 위치만 알려주고 바로 나오겠소."

피터는 수풀을 헤치며 숲으로 들어가서 5분쯤 걷다가 오른쪽 경사면 아래를 가리키며 말했다.

"저기요. 여기서는 잘 안 보이지만 저 아래 나무들에 둘러싸인 작은 공터가 있다오. 나무도 수풀도 잘 자라지 않는 땅이지요. 내려가면 쉽게 찾을 수 있을 거요."

"피터는 내려가고 싶지 않으신가보군요." 마틴이 경사면을 향해 걸으며 말했다.

피터는 말없이 고개를 끄덕였다. 아직도 카타리나는 그곳을 돌고 있을지도 모른다. 하얀 블라우스에 하얀 바지 차림으로 원을 그리며 터벅터벅 걷고 있을지도. 피터는 그 모습을 보고 싶지 않았다.

33년 전 그날, 피터는 애도의 천사상 유령회의를 떠나 자신의 집으로 돌아가는 마거릿을 따라갔다. 카타리나가 맴돌다가 죽은 장소를 보고 싶었다. 피터는 그곳에서 카타리나를 보았다. 유령이 되어서도 카타리나의 맴돌이는 영원

처럼 이어지고 있었다. 은은한 달빛 아래, 카타리나는 텅 빈
눈으로 숲속을 걷고 있었다.

"언제까지 저러고 있는 거예요? 죽으면 주박이 풀리는
거 아닌가요?" 피터가 놀라서 물었다.

"죽어서 주박이 풀린다면, 지박령이나 인박령이 없겠지."
마거릿은 차갑게 말했다. "카타리나가 집착을 내려놓지 않
아서 저러고 있다면 영원히 풀리지 않아. 그럴 가능성은 높
지 않지만."

"카타리나가 집착을 내려놓았다면요?" 피터가 물었다.

"그렇다면 수정구슬의 주박이니, 수정구슬이 지상에서
사라져야 풀리겠지."

"한나가 수정구슬인가요?"

마거릿은 대답 없이 고개를 들고 달을 바라보았다.

"달이 밝네. 다행이라면 한나가 지상을 떠나고 싶어한다
는 거지. 한나가 떠나면 주박이 풀릴지도 몰라. 그럴지도 모
른다는 말이야. 세상에 확실한 것은 아무것도 없으니까."
마거릿은 집으로 발길을 돌렸다.

관리실로 돌아가는 피터의 등뒤에서 마거릿이 말했다.

"유령들이 이제 피터를 찾지 않을 거야. 그게 좋아. 이제 나도 알은체하지 마. 난 고양이야."

피터가 묘지 문을 닫아걸고 관리실로 돌아오자 마틴이 기다리고 있었다.

"어떻소. 살펴보았소?" 피터가 의자에 앉으며 물었다.

"네, 살펴보았습니다. 세월이 오래 지난 사건 현장이라 무얼 기대한 건 아니지만 역시 아무것도 없더군요."

"그렇겠지요." 피터는 고개를 끄덕이며 짧게 대꾸했다.

잠시 피터의 반응을 살피던 마틴이 말을 이었다.

"말씀대로라면, 카타리나 사망 사건은 오컬트 살인 사건이고 범인은 한나 유령과 고양이 마거릿이 되겠군요. 아니, 마거릿도 유령이니 두 유령이 공동 정범이고 크리스틴 유령이 공범이겠군요." 마틴은 말을 마치고 피터를 바라보았다.

"내겐 어려운 이야기요. 나는 알지 못하는 세계의 말들인지라……" 피터는 고개를 저었다.

"그런데 카타리나의 어머니는 어떻게 되었습니까?"

"아, 리즈 말이군요……" 피터는 와인 잔을 들고 한참 바라보다가 한 모금 마셨다.

리즈는 카타리나의 시신을 보고 정신을 잃었다. 장례도 치르지 않으려 버티다가 찰스의 설득으로 겨우 치를 수 있었다.

"장례를 치르고 이곳에 매장하러 온 리즈를 먼발치에서 보았지요. 하관을 하는데 리즈가 관 위에 몸을 던지고 함께 묻어달라고 버티더군요. 그리고 매일같이 이곳에 와서 카타리나와 한나를 부르며 돌아다녔어요. 아마도 리즈는 카타리나의 죽음에 한나가 개입되어 있다고 느낀 것 같았어요."

"충격이 컸나보군요."

"그때는 아직 이곳에 벽이 세워지기 전이었는데, 낮이고 밤이고 따로 없었어요. 리즈가 머리를 풀어헤치고 카타리나의 묘지 주위를 돌며 카타리나와 한나를 부르고 다녔지요."

한나는 카타리나의 묘지 주위에 앉아 그런 리즈를 바라보았다. 그 눈에는 아무 표정이 담기지 않았고, 마치 풀 한 포기나 나무를 바라보는 눈빛이었다.

"그래서 어떻게 되었습니까, 리즈는?"

"결국 정신병원에 수용되었지요. 가족도 친척도 없는 사람이라, 찰스가 법원에서 인정받은 후견인 자격으로 정신병원 수용을 신청했다고 하더군요. 리즈의 건물과 가게도 찰스에게 관리권이 넘어갔고요."

"찰스는 자기 뜻을 이룬 셈이군요."

"그런 셈이지만……" 피터는 말끝을 흐렸다.

비어 있던 리즈의 집으로 이사해 살던 그는 몇 년 후에 집에 든 강도와 싸우다가 칼에 맞아 죽었다. 결국 리즈의 집 관리권은 시의회로 넘어갔다.

"찰스는 지금 이곳에 묻혀 있어요. 이 도시 사람들은 죽으면 대부분 이곳으로 오지요. 리즈도 정신병원에서 십이 년을 지내고 이곳에 와 있다오."

"리즈는 유령이 되었나요? 아니면 빛을 따라갔을까요?"

피터는 고개를 저었다.

"그건 나도 모르오. 내가 아는 마지막 유령회의 이후 유령들은 나를 찾아오지 않았고, 그러다보니 어쩌다 보이는 마거릿과 한나 외에는 아무도 보질 못했으니까. 여인들이 보이지 않더군요. 나에 대한 그분들의 배려가 아니었을까 생각합니다."

"섭섭하기도 하셨겠군요."

피터는 허허롭게 웃으며 고개를 끄덕였다.

"그랬지요. 섭섭했어요. 외롭기도 했고요. 나는 인간들과의 만남도 없는 사람 아니오. 그래도 한동안 여인들과의 밤이 있어서 이렇게 돌아보며 얘기할 게 있군요."

마틴이 와인을 마시고 수첩을 접어 품에 넣고는 말했다.

"괜찮으시다면 몇 가지만 더 묻겠습니다. 피터의 말씀을 듣다보니, 개인적인 호기심도 생기는군요."

피터는 눈을 끔벅이며 마틴을 바라보았다.

"한나는 요즘도 보이십니까?"

"카타리나의 죽음 이후 한나는 갈수록 말이 없어지더군요. 돌이 된 게 아닌가 싶을 만큼 아무 표정도 없이 애도의 천사상 앞에 앉아서 천사를 바라보고 있었어요. 내가 다가가 말을 붙여도 대꾸가 없었어요. 그렇게 오랜 세월이 흐른 뒤 나를 찾아왔지요. 그게 벌써 구 년 전 일이군요."

한나는 하얀 들꽃을 한아름 품에 안고 피터를 찾아왔다.

들꽃에 가려져 한나의 얼굴이 보이지 않을 정도였다. 꽃을 피터의 품에 안겨주고 한나는 환하게 미소 지었다.

"나 이제 가. 피터, 고마웠어. 난 나한텐 빛이 안 올 줄 알았어. 마거릿이 내가 수정구슬이 되었다고 해서 불안했거든. 그런데 빛이 왔어. 피터 눈에는 안 보이지? 지금 내 뒤에 빛이 있어. 나 이제 갈게. 예전엔 세상이 무섭기만 했는데, 다시 태어나고 싶어. 다시 태어나서, 나도 엄마라는 사람을 갖고 싶어. 엄마한테 받는 사랑이 무언지 알고 싶어. 피터, 잘 있어. 피터가 늙어가는 거 바라보면서 좋았어. 고마워. 피터, 고마워."

그러고 나서 한나는 점점 환해지더니 이내 사라졌다.

"아, 한나는 결국 빛을 따라갔군요." 마틴이 고개를 끄덕이며 말했다.

"한나의 바람대로 되었지요."

"마거릿은 어떻습니까? 아까 보니, 마거릿이 집으로 삼았다는 곳에 검은 고양이는 보이지 않던데요."

"며칠 전, 그러니까 마틴이 나를 처음 찾아오기 이틀 전에 마거릿을 만났지요."

작은 종을 흔들며 묘지를 돌고 있는 피터를 마거릿이 불렀다. 지난 33년 동안 없었던 일이었다. 아니, 그 이전에도 마거릿이 피터를 부른 적은 없었다. 마거릿은 커피 한잔 마시고 싶다고 했다. 관리실로 오라고 하니, 밤에 가겠다고 했다. 그날 밤, 마거릿은 관리실에 찾아와 커피를 마시며 피터에게 말했다. "이곳에서 적잖은 세월을 지냈어. 이제 나도 곧 떠날 거야. 떠나기 전에 인사는 해야 할 거 같아서." 마거릿은 담담하게 말했다. 피터는 어디로 가느냐고 묻지 않았다. 마거릿은 커피잔을 내려놓고 나가기 전에, 깜빡 잊을 뻔했다는 표정으로 돌아보며 말했다. "피터도 곧 떠나게 될 거야. 죽을 날이 머지않았다는 말이야. 인연도 있고 가끔 먹이도 챙겨주는 친절도 베풀어서 알려주는 거야." 마치 내일 비가 올 거야 하고 알려주는 표정이었다.

"그래서 마틴 형사가 찾아왔을 때 무척 기뻤다오. 내가 살아온 날을 이렇게 함께 얘기할 수 있어서 좋았어요."

"그렇군요. 위로를 드려야 할지……" 마틴이 조심스레 말했다.

피터는 웃으며 손사래를 치고 와인을 한 모금 마셨다.

"위로는요. 축복이지요. 죽을 날을 미리 안다는 건 축복이지요. 돌아보니, 내 생은 축복받은 생이었다는 생각이 드는군요."

그러고 보니 마틴을 만난 이후 마거릿을 한번도 보지 못했다. 어쩌면 마거릿은 이곳을 이미 떠났는지도 모른다.

"돌아가시면, 피터는 빛을 따라가시겠습니까?"

피터는 잠시 주저하다가 말했다.

"유령이 되어 유령마을에서 지내는 것도 괜찮을 거 같고, 빛을 따라가는 것도 괜찮을 거 같고…… 사실은 마음이 왔다갔다한다오."

"피터의 소식을 들으면, 장례에 참례하겠습니다." 마틴이 조심스레 말했다.

"꼭 그래주면 고맙겠소. 내 장례식에는 올 사람이 없다오. 유령들이 많이 왔으면 좋겠다는 바람을 가지고 있지요."

비어 있는 피터의 잔에 마틴이 와인을 따랐다. 밤이 많이 이슥해졌다.

"피터, 피곤하시겠군요."

"이제 거의 다 얘기한 거 같소만……" 피터는 어둔 창밖을 바라보았다. "남은 이야기가 이제 없는 거 같소. 한 생애라고 해봐야 이렇게 이야기 한줌에 불과한 모양이오."

마틴 형사는 와인 잔을 손에 들고 와인을 조금씩 마시며 피터를 바라보았다.

"그동안 조사에 응해주셔서 고맙습니다. 예전 경찰대학 다닐 때 이 사건에 대한 강의를 들으며 개인적인 호기심이 일었습니다. 말씀드렸듯이 경찰로서 부끄러움도 안고 있었고요. 미제 사건 파일을 찾아 들여다보며 언젠가 이 사건을 살펴보고 정리하고 싶다고 생각했습니다."

"내 이야기가 그 정리라는 일에 별 도움이 되지 못했겠지요. 그런데 마틴, 이 도시에는 언제 전근 왔는지 물어도 되겠소?"

"얼마 안 되었습니다. 사실은 아직 서에 전근 신고도 못했습니다. 이 도시로 오는 길에, 제 차가 전복되는 사고를 당해서 병원에 입원하게 되었거든요. 병가중인 셈입니다. 이제 다 나아서 퇴원도 했고 쉴 만큼 쉬었으니 곧 서에 출근해야지요. 쉬는 동안 찾아뵙고 카타리나 사건에 대해 듣고 싶었습니다. 오래된 미제 사건 파일의 뒷부분을 채울 수 있지 않을까 싶었는데…… 아무래도 그건 어려울 것 같군요. 그래도 제게는 충분히 의미 있는 시간이었습니다. 감사드립니다."

"그랬군요. 젊은 나이에 그런 사고를 당해서 안타까운 일입니다. 정말 안타까워요."

"뭐 이제는 보시다시피 다 나아서 괜찮습니다. 고맙습니다."

마틴은 일어서서 깊이 고개를 숙였다. 피터는 그의 눈을 바라보며 고개를 끄덕였다.

"밤이 깊었군요. 조심히 가시오."

"평안하시길 빕니다. 혹 피터의 시간이 좀더 있다면…… 또 찾아뵙고 싶습니다."

피터는 고개를 크게 끄덕이며 말했다.

"그러시오, 그러시오. 내 지상의 시간이 허락한다면 말이오."

밖으로 나서자 달이 밝았다. 마틴은 밤하늘의 달을 한번 바라보고는 어둠 속으로 성큼성큼 걸어들어갔다. 피터는 그의 뒷모습을 바라보다가 마틴이 바라보던 달을 올려다보았다. 오래전 그가 젊었을 때, 공원묘지에서 사람들이 저녁 산책을 하던 시절, 아이들이 달을 바라보며 애기하는 모습을 뒤에 서서 들었던 기억이 떠올랐다.

아이들은 말했다. 달은 매일 태어난다고, 오늘은 어제와 다른 달이 뜨고 내일은 또 오늘과 다른 달이 뜬다고. 어떤 날은 달이 태어나지 않기도 하잖아. 그래, 달이 매일 뜨는 건 아니지. 그런데 어제 그 달은 어디로 갔을까.

아이들은 서로 묻고 대답했다. 오래전 그날 아이들의 맑은 목소리를 떠올리며, 늙은 피터는 생각했다. 내 어린 날에 보았던 그 슬픈 달들은 다 어디로 갔을까.

그리고 남은 날

고독은
그런 것인지
모른다

달빛이 좋았다. 피터는 관리실의 불을 끄고 식탁에 앉았다. 와인을 한 잔 따라놓고 앉아 무연히 바라보았다. 마실까 하고 잔을 들었다가 내려놓았다. 온전한 정신으로 죽음을 맞이하고 싶었다. 마거릿은 피터에게 9일이 남았다고 했다.

"그럴 것 같다는 말이야. 세상에 확실한 건 없으니까. 조금 더 살 수도 있고, 덜 살지도 몰라. 그래봐야 하루이틀이겠지만."

9일이면 오늘밤 아니면 내일 밤이다. 마거릿에게 그 말을 들은 이틀 뒤에 마틴이 찾아왔고, 마틴과 일주일을 함께했으니까. 그동안 이야기를 재촉한 건 마틴이었지만 정작 마음이 바빴던 것은 피터였다. 이야기를 다 마치지 못하고 죽으면 어쩌나 하는 마음이었다. 그때는 하루라도 더 살 수 있으면 좋겠다고 생각했다. 하지만 이제 되었다.

피터는 그런 생각을 하며 식탁에 앉아 졸다 깨기를 반복했다. 일어나서 몸을 깨끗이 씻고 옷도 갈아입고 죽음을 기다리고 싶었지만 힘이 없었다. 몸이 움직여지지 않았다. 한 줌에 불과하지만 짧지 않은 이야기가 다 빠져나갔다. 그는 자신이 텅 빈 포대자루 같다고 느꼈다. 이대로 죽음을 맞는 건가. 그것도 괜찮겠지. 그는 침침한 눈으로 창밖 어둠을 응시했다.

그때 누군가가 문을 두드리는 기척이 느껴졌다. 피터는 문을 바라보았다. 찾아올 이가 없는데, 죽음이 왔나. 문이 조용히 열렸다. 달빛에 비친 모습을 바라보았다. 크리스틴이었다. 저이가 웬일로……?

"들어가도 될까요?" 크리스틴이 말했다.

피터는 고개를 끄덕였다. 입을 뗄 힘이 없었다.

"오랜만이죠, 피터?" 크리스틴이 맞은편에 앉으며 말했다. "며칠 전, 마거릿에게 들었어요. 아마도 오늘밤이나 내일 밤일 거라고요."

피터는 희미하게 미소 지으며 고개를 끄덕였다.

"임종을 지킬 사람도 없을 텐데, 쓸쓸하겠다 싶었어요."

피터는 미소 띤 얼굴로 고개를 조금 저었다. 쓸쓸하기는요, 평생을 이렇게 살았는데요. 당신들과 함께했던 그때를 빼면 말이오.

"제가 이 밤을 벗해드려도 될까요?" 크리스틴은 피터의 눈을 바라보며 말했다.

피터는 고개를 조금 끄덕였다.

"고마워요. 맞아주셔서…… 그러고 보니 피터와 이렇게 단둘이 만나기는 처음이군요."

피터는 고개를 끄덕였다. 밤마다 여인들이 찾아오던 그때, 크리스틴은 한 번도 피터를 찾아오지 않았다.

"찾아오고 싶었어요. 피터와 대화를 나누고 싶었죠. 그런데 알량한 자존심과 자의식이 아직 제게 남아 있었나봐요."

피터는 고개를 끄덕였다. 당신이 찾아오지 않을까 하고

기다린 적이 있지요. 당신은 왠지 찾아올 것 같지 않다는 생각도 했고요.

"그런데 피터, 빛이 오면 어떡하실 건가요? 빛을 따라가실 건가요?"

피터는 잠시 생각에 잠겼다. 오래전부터, 한나를 만나고 빛에 대해 알게 된 이후로 이따금 생각했다. 그는 이곳을 떠나는 게 무서웠다. 어디일지 모르는 낯선 곳으로 가고 싶지 않았다. 그런데 마틴을 만나고, 살아온 날들을 돌아보면서 생각이 달라졌다.

"아님 여기 유령마을에 남으실 건가요?" 크리스틴이 물었다.

피터는 크리스틴을 바라보았다. 이곳에 오래 살았지요. 충분히 살았다는 생각이 들어요. 두려움도 있지만 이 너머에는 무엇이 있을까 하는 호기심도 이제는 든다오.

피터는 천천히 고개를 저었다.

릴리는 말했다. 유령들과 보낸 이틀 밤이 자신을 치유해주었다고. 릴리의 그 말을 들으면서도 그때는 알지 못했다. 릴리만이 아니고 피터를 치유해준 시간이었다는 걸. 이곳이 아닌 다른 곳에 대한 동경을 피터에게 심어준 건 정작 이곳을 떠나지 못하는 유령들이었다는 걸.

"그러시군요. 저는 내년에 마흔아홉 해째가 됩니다. 빛을 따라가려고요. 죽은 자가 세상을 떠돈다는 게 이미 다 타버린 재가 피워올리는, 빛도 없고 열도 없는 흐린 연기 같다는 생각이 들었어요. 그걸 깨닫는 데 필요한 시간인가봐요. 마흔아홉 해라는 시간이."

피터는 고개를 끄덕였다. 크리스틴도 내년에는 이곳을 떠나는구나. 하나둘씩 빛을 따라 떠나고 또 누군가가 유령 마을에 들어올 것이다.

"열심히 살았다고 생각한 순간들이 있었죠. 돌아보면 그게 욕망이라는 덫에 걸린 시간이었는데요."

가난한 목수의 넷째 딸로 태어난 크리스틴은 다섯 살 때 아버지가 죽었다고 했다. 어머니의 행상으로는 네 아이를 부양하기엔 벅찼다. 크리스틴이 이웃 도시에 사는 친척 집에 보내진 건 일곱 살 때였다. 그 집에는 아이가 셋 있었는데, 막내딸이 크리스틴보다 한 살이 어렸다. 그 아이에게 늘 맞으며 자랐다. 행여라도 그 아이가 혼자 넘어져서 작은 생

채기라도 나면 크리스틴은 그날 식탁에 앉지 못했다. 하루
종일 굶어야 했다. 배가 고팠다. 주린 배로 식탁을 치우고
설거지를 하면서 접시에 들러붙은 음식 부스러기를 핥아
먹었다. 그때 겪은 배고픈 설움이 자신의 평생을 지배했는
지도 모른다고 크리스틴은 말했다.

"가난이 무서웠어요. 다시 굶주리고 싶지 않았죠. 가난에
대한 공포에 시달리면서도 겉으로는 언제나 품위 있는 체
하느라 힘들었어요." 크리스틴이 웃으며 말했다. "다행히 제
용모가 제 갈급한 마음을 가리는 데 꽤 유용하게 쓰였죠."

피터는 희미한 미소를 지으며 크리스틴을 바라보았다.
스스로를 그렇게 생각하는 마음이 우아함인지 모르지요.

"피터, 어떠세요. 계속 얘기해도 될까요? 아니면 조용히
죽음을 기다리실래요?" 크리스틴은 미소 띤 얼굴로 물었다.

피터는 미소로 답했다. 나도 마틴에게 살아온 이야기를
하면서 즐거웠다오. 크리스틴의 이야기를 듣는 게 좋군요.
계속하시지요. 다 들을 시간이 내게 허락될진 모르지만요.

"사실 진부한 이야기죠. 인간의 한 생이라는 게 특별할 게
없는 진부한 이야기잖아요. 그게 왜 그리 어려웠을까요. 수

많은 사람이 살았고 그 삶의 기록이 도처에 있는데, 왜 그 뻔한 패턴을 인간은 힘들여 반복하는 걸까요?"

크리스틴은 명문가의 자제와 만나 결혼하고 사업에도 성공했다. 마치 불우한 어린 시절을 보상이라도 받는 듯이 모든 일이 잘되었고 미디어의 주목을 받았다. 정해진 수순처럼 그녀는 남편을 정계에 입문시켜 권력도 손에 넣었다.

"저는 그의 지위와 힘을 이용해서 사업을 확장했어요. 돈은 이미 충분하고도 남을 만큼 있었지만 아무리 가져도 양에 차지 않을 뿐 아니라 오히려 더 허기가 지고 더 갈급해지더군요."

크리스틴은 말했다, 욕망이 악마라고. 욕망은 작을 때는 별 힘이 없지만, 모이면 힘이 강해지고 더욱 커지려 하고 더 강력하게 사람을 지배한다고. 그리고 그날이 왔다. 정해진 수순처럼, 예비된 길처럼, 오래전에 쓰인 기록처럼, 그녀에게도 몰락의 순간이 왔다. 채움은 비움을 위한 것이고, 상승은 추락을 위한 것이라는 듯이.

"정점에서 몰락했죠. 높이 올라간 새가 한순간에 날개가 꺾였어요. 남편의 지위, 평생 쌓은 부가 그렇게 허망하고 무력할 수 있다니, 믿기지 않았어요."

무덥고 무성한 한여름 숲에서 갑자기 춥고 황량한 겨울 숲에 들어선 날벌레 같았다고 크리스틴은 말했다. 놀라서 뒤를 돌아보았지만 차가운 눈바람만 불어왔고, 여름 숲은 자취도 없이 사라지고 없었다.

남편이 술을 한잔하자고 했다. 검찰 수사를 앞둔 때였다. 남편은 이런 때일수록 여유를 가져야 한다며 넉넉한 미소를 지었다. 크리스틴은 남편과 마주앉아 위스키를 마시며, 남편의 얼굴이 어느 때보다 편안해 보여서 마음이 놓였다. 바로 얼마 전까지 있던 곳이니, 여름 숲을 다시 만날 수 있을 거라고, 돌아갈 수 있을 거라고 그녀는 믿었다. 술을 마시고 잠에 빠져들었다.

"일어나보니 침대에 나란히 누워 있는 남편과 내가 보이더군요. 그때 문득 사막을 흐르는 강 와디가 떠올랐어요. 사막에 집중호우가 내리면 일시적으로 흐르는 강을 와디라고 하죠. 그 와디를 헤엄치는 물고기가 있다는 말을 들었어요. 잠시 흐르는 사막의 강에 물고기라니, 믿을 수 없는 일이죠. 어렸을 때 그 애기를 듣고 신기했어요. 혹시 호수나 바다에 사는 물고기가 하늘 혹은 사막을 꿈꾸지 않았을까, 그 물고기는 하늘을 바라보다가 어느 날 바다에 일어난 회오리바람을 타고 하늘로 올라가 구름을 타고 이동하지 않았을까, 그리고 비와 함께 사막에 내려 와디를 흐르지 않았을까, 그런 상상을 했었죠. 제 주검을 내려다보며, 저는 와디를 흐르는 물고기였다는 생각이 들었어요. 오래잖아 말라붙을 강을 환호하며 헤엄친 물고기⋯⋯"

피터가 반응 없이 가만히 있자, 크리스틴이 걱정스러운 표정으로 바라보았다.

"피터, 좀 어떠세요? 제 말 들리나요?"

피터는 크리스틴을 바라보며 눈을 끔벅여 보였다. 이제 고개를 끄덕이기도 미소를 짓기도 힘이 들었다. 무언가 다가오고 있다는 걸 알 수 있었다. 잠이 쏟아져내렸다. 크리스틴의 말이 먼 데서 들려왔다. 침침하던 눈앞도 점점 더 흐려져서 피터는 눈을 감았다.

"피터, 피터⋯⋯ 침대로 가실래요? 제가 돕고 싶지만 저는 아무 힘이 없군요⋯⋯"

크리스틴의 말이 희미하게 들려왔다. 피터는 힘을 내어

고개를 조금 저었다. 이대로 괜찮아요. 편안합니다.

"제 죽음을 혼자 결정한 남편을 용납할 수 없었어요. 아니, 그보다는…… 무참한 일일지라도 저는 제 생의 폐허를 확인하는 시간이 필요했어요. 남편은 슬픈 표정으로 혼자 빛을 따라갔지요. 그 표정이 잊히지 않아요."

피터는 꿈을 꾸고 있었다. 햇살이 가득한 들판을 걷고 있었다. 키 작은 들꽃들이 끝없이 이어진 들판엔 아무도 보이지 않았다. 피터는 고개를 들고 맑은 하늘을 바라보았다.

크리스틴은 남편의 슬픈 표정이 잊히지 않는다고 했다. 그 말에 피터는 조안나의 표정을 떠올렸다. 어린 피터의 팔을 잡아 이끌어 벤치에 앉히고 플루트를 입에 물며 피터를 바라보고 살짝 짓던 수줍은 미소. 어린 조안나의 그 표정 때문이었을 것이다. 그가 평생 조안나를 잊지 못했던 것은. 그 미소, 그 표정이 늙은 피터의 망막에 깊이 새겨져 있었다.

"이곳에 와서 피터를 보았던 처음을 기억해요. 피터는 모르겠지만, 저는 피터를 바라보며 저렇게 살려면 뭐하러 사나 싶었어요. 욕망도 없이, 즐거움도 없이, 하는 일도 없이…… 죄송해요. 피터가 하는 일이 제겐 하찮게 여겨졌거든요. 그런데 어느 순간 알았어요. 제가 얼마나 욕망에 사로잡힌 삶을 살았는지…… 제가 피터를 찾아오지 못했던 건 그래서랍니다. 단둘이 앉아 이야기할 자신이 없었어요. 피터의 맑은 영혼 앞에 제 비루한 영혼을 내보일 용기가 없었답니다. 피터, 제 말 들려요? 피터……"

멀리서 크리스틴의 말이 드문드문 들려왔다. 피터는 자신이 햇빛이 쏟아지는 들판을 걷고 있는지, 아니면 영혼계로 인도하는 빛 속을 걷고 있는지 알 수 없었다. 한동안 걷고 있는데, 멀리 환한 빛 속에서 한 소녀가 꽃다발을 품에 안고 다가오고 있는 게 보였다. 피터는 끌리듯이 소녀를 향해 걸었다. 소녀는 수줍은 미소를 띠고 피터를 바라보며 자박자박 걸어오고 있었다. 헬렌이었다.

새들의 쨍한 울음소리에 피터는 눈을 떴다. 한낮의 햇살이 창으로 쏟아져들어오고 있었다. 피터는 주위를 둘러보았다. 아직 죽지 않았나보군, 그는 중얼거렸다. 의자에서 겨우 일어나 몸을 오래 씻었다. 할아버지 장례식에 입고, 조안나의 장례식에 입은 검은 상복을 차려입었다. 오랜 세월이 지나 늙어 쪼그라든 그의 몸에 옷은 좀 컸지만 못 입을 정도는 아니었다. 그는 검은 넥타이를 매고 밖으로 나섰다.

날이 좋았다. 바람이 맑았다. 햇빛이 밝았다. 하루가 더 있어서 다행이었다. 피터는 고개를 들고 무심히 흐르는 구름을 바라보며 심호흡을 몇 번 하고는 천천히 걷기 시작했다. 그는 숲에 들어가 들꽃을 꺾어다가 늙은 손을 천천히 놀려 꽃다발을 만들었다. 그러고 나서 돋보기를 쓰고 묘역의 배열표를 손가락으로 짚어가며 살펴본 후 꽃다발과 와인을 작은 바구니에 챙겨 들고 다시 관리실을 나섰다. 그는 묘역을 둘러보며 중얼거렸다.

"늘 다니는 곳이지만, 이 많은 묘에서 누군가를 찾는다는 게 쉬운 일은 아니지……"

푸른 하늘 아래 햇빛 가득한 묘지를 걷는 그의 발걸음에 잘 마른 흙과 나뭇잎이 바스라졌다. 느린 걸음으로 한참 걷던 그가 발걸음을 멈췄다.

마틴 브레스트, 그의 묘비가 거기 있었다. 마틴의 이름과 생몰 연도가 새겨진 묘비.

시간이 묻혀 있었다. 서른한 해의 시간, 마틴의 한 생이 묻혀 있었다. 피터는 메마른 손으로 마틴의 묘비를 오래 쓰다듬었다. 그러곤 묘 위에 꽃다발을 올려두고 묘석에 와인 잔 두 개를 놓고 와인을 가득 따랐다.

누군들 가슴속에 새겨진 누구 하나 없는 사람이 있겠느냐고, 마틴은 말했다. 그래, 그렇지. 마틴에게도 그런 누군가가 있었을 텐데, 그 이야기를 듣지 못한 게 아쉬웠다. 피터는 마틴의 묘석 앞에 주저앉았다.

"마틴 형사, 찾아와주어 고마웠소. 내 이야기만 하느라 마틴의 이야기를 듣지 못한 게 아쉽구려. 그러고 보니 이 묘지들이 모두 이야기를 가득 품고 있군요. 이곳을 지나는 바람이 듣고 새가 듣고 그럴지도 모르겠소……"

마틴이 이제 자신의 죽음을 받아들였으면 좋겠다고 피터는 생각했다. 젊은 나이에 순식간에 찾아온 죽음을 받아들이기는 쉽지 않은 일이겠지. 하지만 언젠가 마틴도 죽음을 받아들이고 편안해지리라는 걸 그는 알고 있었다. 그가 만난 유령들이 모두 그랬으니까.

피터는 묘석의 와인 잔을 들어 한 모금 마셨다. 시원한 바람이 불었다.

릴리는 그가 고독하다고 말했다. 하지만 그는 자신이 고독하다고 한 번도 생각하지 않았다. 어쩌면 고독이 무엇인지 모르고 살았는지도 모른다. 불어오는 바람에 나무들이 흔들리면서 잔잔한 물결 소리를 냈다. 피터는 고개를 들고 나무를 바라보았다. 연한 나뭇잎들이 환한 햇살에 뒤채며 인간의 아이들처럼 소리내어 웃는 것 같았다. 그러고 보니 아이의 웃음소리를 듣지 못하고 살았다는 생각이 들었다.

피터는 일어서서 관리실을 향해 허청허청 걸으며 생각했다. 고독은 그런 것인지 모른다고.

길을 잃고
여행이 시작되었다

길을 잃고 여행이 시작되었다.

내가 길을 잃은 건 4년 전이었다. 내 여행은 그때 시작되었다. 스페인 마드리드 단칸방에 웅크려 지내며 그해 겨울을 보냈고, 이듬해 자그레브에서 작은 차 한 대를 빌려 발칸반도 아홉 개 나라를 떠돌았다. 처음 만나는 풍경과 길이었다. 그 길에 내리던 비와 눈과 안개와 노을과 어둠을 기억한다. 햇빛과 달빛을 기억한다. 바람이 불었고, 길가의 풀들과 나무들이 몸을 흔들며 떨었다. 더 낯선 길과 풍경을 만나고 싶었다. 남미를 향해 떠난 건 그래서였다.

갈라파고스, 바다에 정박한 배의 갑판에 누워 밤톨만한 별들로 빼곡한 밤하늘을 오래 바라보았다. 그리고 이편 수평선에서 일어나 하늘을 가르며 저편 수평선 끝까지 선명하게 흐르는 기나긴 은하의 강을 보았다. 불가능한 꿈을 꾸어도 괜찮겠다는 생각이 내게 깃든 건 그때였다. 오래 품고 있었으나 방기했던 내 어린 날의 꿈, 글 쓰는 자의 생을 다시 꿈꾸어도 괜찮겠다고.

글을 쓰고 버렸다. 다시 글을 쓰고 버렸다. 여행지에서 쓴 글을 집에 와서 읽고는 버렸고, 집에서 쓴 글을 여행지에서 읽고는 버렸다. 그리고 그때마다 묘지를 찾았다. 죽은 자들의 집에서 죽음을 생각했다. 쨍한 햇빛 아래 한낮의 묘지를 거닐었고, 어스름이 깔리는 저물녘의 묘지에서 꿈을 꾸었다.

마거릿이 나를 찾아온 건 올 7월 6일이었다. 지난겨울부터 리스본에 거처를 정하고 일곱 달 동안 쓴 글을 읽으며 한숨을 내쉬고 있을 때였다. 더 이어갈 힘을 잃었고, 며칠 동안 한 문장도 쓰지 못하고 밥도 먹지 못하고 무연히 책상에 앉아 있었다. 그때 불현듯 마거릿이 찾아와 내게 커피를 청했다. 그녀는 늙은 묘지관리인 피터의 한 생을 이야기했다. 커피를 천천히 마시며, 한나와 릴리와 유령여인들의 이야기를 들려주었다. 사나흘 동안 내 곁에 머물던 마거릿은 내가 자판을 두드리기 시작하자 이제 가겠다며 말했다.

"눈에 보이는 모든 사물은 단지 그 사물에 닿은 빛의 반사에 지나지 않는다더군. 요즘 성행하는 과학이라는 마법의 말인데, 그럴 듯해. 그 말에 따르면, 나는 당신을 보지 못해. 당신이라는 무엇에 다다랐다가 반사된 빛을 겨우 보았을 뿐이지. 그리고 당신은 나를 보지 못해. 그러니까 행여 나를 보았다고 믿지 마."

한나가 수정구슬에 갇히는 삽화는 오래전 내 이십대의 어느 날 읽었던 이야기와 같다. 무당이 어린아이를 항아리에 가두고 무구와 소금만 넣어두면 굶주리던 아이는 소금을 집어먹고 타는 갈증에 시달리다가 죽고 그 영혼은 무구에 갇힌다는 이야기.

그 출처를 정확히 밝히지 못하는 것은 내 기억의 한계 탓
이다.

2019년 겨울
강형

온전한 고독

ⓒ 강형 2019

초판 1쇄 발행 2019년 12월 23일
초판 2쇄 발행 2020년 1월 6일

지은이 강형
펴낸이 김민정
편집 유성원 김필균 염현숙
디자인 한혜진
마케팅 정민호 박보람 나해진 최원석 우상욱
홍보 김희숙 김상만 오혜림 지문희 우상희
제작 강신은 김동욱 임현식
제작처 한영문화사
펴낸곳 난다
출판등록 2016년 8월 25일 제406-2016-000108호
주소 10881 경기도 파주시 회동길 210
전자우편 nandatoogo@gmail.com **트위터** @blackinana **인스타그램** @nandaisart
문의전화 031) 955-8865(편집) 031) 955-8890(마케팅) **팩스** 031) 955-8855

ISBN 979-11-88862-60-3 03810

○ 이 책의 판권은 지은이와 (주)난다에 있습니다.
○ 이 책 내용의 전부 또는 일부를 재사용하려면 반드시 양측의 서면 동의를 받아야 합니다.
○ 난다는 (주)문학동네의 계열사입니다.
○ 이 도서의 국립중앙도서관 출판예정도서목록(CIP)은 서지정보유통지원시스템 홈페이지
 (http://seoji.nl.go.kr)와 국가자료공동목록시스템(http://www.nl.go.kr/kolisnet)에서
 이용하실 수 있습니다.(CIP제어번호: CIP2019050493)